GRöLS Verlage

„Bücher sind wie Fallschirme. Sie nützen uns nichts, wenn wir sie nicht öffnen."

Gröls Verlag

Redaktionelle Hinweise und Impressum

Das vorliegende Werk wurde zugunsten der Authentizität sehr zurückhaltend bearbeitet. So wurden etwa ursprüngliche Rechtschreibfehler regelmäßig *nicht* behoben, denn kleine Unvollkommenheiten machen das Buch – wie im Übrigen den Menschen – erst authentisch. Mitunter wurden jedoch zum Beispiel Absätze behutsam neu getrennt, um den Lesefluss zu erleichtern.

Um die Texte zu rekonstruieren, werden antiquarische Bücher von Lesegeräten gescannt und dann durch eine Software lesbar gemacht. Der so entstandene Text wird von Menschen gegengelesen und korrigiert – hierbei treten auch Fehler auf. Wenn Sie ebenfalls antiquarische Texte einreichen möchten, finden Sie weitere Informationen auf www.groels.de

Viel Freude bei der Lektüre wünscht Ihnen das Team des Gröls-Verlags.

Adressen

Verleger: Hermann-Josef Gröls,

Im Borngrund 26, 61440 Oberursel

Externer Dienstleister für Distribution & Herstellung:

BoD, In de Tarpen 42, 22848 Norderstedt

Unsere „Edition | Werke der Weltliteratur“ hat den Anspruch, eine der größten und vollständigsten Sammlungen klassischer Literatur in deutscher Sprache zu werden. Nach und nach versammeln wir hier nicht nur die „üblichen Verdächtigen“ von Goethe bis Schiller, sondern auch Kleinode der vergangenen Jahrhunderte, die – zu Unrecht – drohen, in Vergessenheit zu geraten. Wir kultivieren und kuratieren damit einen der wertvollsten Bereiche der abendländischen Kultur. Kleine Auswahl:

Francis Bacon • Neues Organon • **Balzac** • Glanz und Elend der Kurtisanen • **Joachim H. Campe** • Robinson der Jüngere • **Dante Alighieri** • Die Göttliche Komödie • **Daniel Defoe** • Robinson Crusoe • **Charles Dickens** • Oliver Twist • **Denis Diderot** • Jacques der Fatalist • **Fjodor Dostojewski** • Schuld und Sühne • **Arthur Conan Doyle** • Der Hund von Baskerville • **Marie von Ebner-Eschenbach** • Das Gemeindekind • **Elisabeth von Österreich** • Das Poetische Tagebuch • **Friedrich Engels** • Die Lage der arbeitenden Klasse • **Ludwig Feuerbach** • Das Wesen des Christentums • **Johann G. Fichte** • Reden an die deutsche Nation • **Fitzgerald** • Zärtlich ist die Nacht • **Flaubert** • Madame Bovary • **Gorch Fock** • Seefahrt ist not! • **Theodor Fontane** • Effi Briest • **Robert Musil** • Über die Dummheit • **Edgar Wallace** • Der Frosch mit der Maske • **Jakob Wassermann** • Der Fall Maurizius • **Oscar Wilde** • Das Bildnis des Dorian Grey • **Émile Zola** • Germinal • **Stefan Zweig** • Schachnovelle • **Hugo von Hofmannsthal** • Der Tor und der Tod • **Anton Tschechow** • Ein Heiratsantrag • **Arthur Schnitzler** • Reigen • **Friedrich Schiller** • Kabale und Liebe • **Nicolo Machiavelli** • Der Fürst • **Gotthold E. Lessing** • Nathan der Weise • **Augustinus** • Die Bekenntnisse des heiligen Augustinus • **Marcus Aurelius** • Selbstbetrachtungen • **Charles Baudelaire** • Die Blumen des Bösen • **Harriett Stowe** • Onkel Toms Hütte • **Walter Benjamin** • Deutsche Menschen • **Hugo Bettauer** • Die Stadt ohne Juden • **Lewis Caroll** • *und viele mehr….*

Inhalt

Ludwig Anzengruber - Das vierte Gebot

Personen:

Anton Hutterer, *Privatier und Hausbesitzer.*

Sidonie, *seine Frau.*

Hedwig, *beider Tochter.*

August Stolzenthaler.

Schalanter, *Drechslermeister.*

Barbara, *seine Frau.*

Martin *und* **Josepha**, *beider Kinder.*

Herwig, *Barbaras Mutter.*

Johann Dunker, *Geselle bei Schalanter.*

Michel, *Lehrling bei Schalanter.*

Robert Frey, *Klavierlehrer.*

Jakob Schön, *Gärtner und Hausbesorger bei Hutterer.*

Anna, *sein Weib.*

Eduard, *sein Sohn, Weltpriester.*

Höller, *Wirtshausfreund Stolzenthalers.*

Beller, *Gärtnerbursche auf dem Landgute Stolzenthalers.*

Resi, *Kindsmädchen.*

Stötzl, **Katscher** *und* **Sedlberger**, *“Wiener Früchteln“.*

Mostinger, *Wirt.*

Tonl, *sein Enkel, fünfjähriger Knabe.*

Werner, *Arzt.*

Kraft, *Gerichtsadjunkt.*

Seeburger, *Gendarm.*

Stöber, *Detektiv.*

Atzwanger, *Profoß.*

Berger, **Minna** *(seine Tochter) und* **Stille**, *Ausflügler.*

Tomerl *und* **Schoferl**, *Vagabunden.*

Wirtshausgäste. Vagabunden. Gendarmen. Begleiter der Streife. Soldaten.

Die Geschehnisse des zweiten und dritten Aktes spielen ein Jahr nach denen des ersten an einem und demselben Tage, vom Nachmittage bis zum Abende; der vierte Akt einige Wochen darnach. Ort der Handlung: Wien und Umgebung. Zeit: Die Gegenwart.

Erster Akt

Garten. Der Hofraum und ein Teil eines größeren Zinshauses sind hinter dem Gitter sichtbar, das von rechts über die Bühne läuft, in der Mitte ein Tor hat und links an einen Seitentrakt stößt, von welchem eine Türe unmittelbar aus dem Hause nach dem Garten führt.

Erste Szene

Schön und Anna, mit Gartenarbeit beschäftigt.

Schön *(kniet neben einem Blumenbeete).* 'n Bast!

Anna *(begießt ein Beet, eine zweite Gießkanne steht neben ihr).*

Schön *(da er keine Antwort bekommt).* Die Baststreifen zum Aufbinden. *(Blickt auf.)* Aber was treibst denn du? Du gießt ja schon dreimal auf 'm nämlichen Fleck.

Anna *(setzt ab).* Jessas, richtig. Du hast was wollen?

Schön. Die Baststreifen. Ich muß da a paar Stöckeln aufbinden.

Anna. O mein, die hab' ich in ein von die Gießamper g'legt.

Schön. Und drauf g'schöpft, und jetzt schwimmen s' im Wasser. So fisch' s' halt heraus. Was hast denn nur?

Anna *(hat den Bast aus einer der Gießkannen herausgefischt und gibt ihm die Streifen).* Aber frag' nit so dalket. Weißt denn nit, was heut für ein Tag is? Kann er nit jede Minuten kommen, unser hochwürdiger Herr Sohn?

Schön *(brummend).* "Unser hochwürdiger Herr Sohn?" – Freili kann er kommen, und wenn er kommt, so wird er da sein, das is aber kein Anlaß zu solche Stückeln. *(Man hört eine Hausglocke läuten.)*

Anna. Du, es läut't wer. Am End' –

Schön. Na ja freilich, am hellichten Tag wird er anläuten, wo alle Haustör' offen sein.

Anna. Aus G'spaß halt.

Schön. A geistlicher Herr g'spaßelt nit. *(Wiederholtes Läuten.)*

Anna. Da hörst es jetzt.

Schön. Na, das wär' schön! *(Läuft durch das Tor und hinter dem Gitter nach rechts ab.)*

Anna. Hihi, wie er lauft! Er kann's ja selber nit erwarten. Und da tät' er unsereins, a Muatter, noch ausmachen. *(Nimmt die Gießkanne und gießt in Gedanken wieder an der nämlichen Stelle.)* Ich bin so neugierig, wie er ausschaut, unser hochwürdiger Herr Sohn. Die Madeln auf 'm Grund werd'n sich gewiß kränken, daß der geistlicher Herr worden ist. Jesses, jetzt gieß' ich da 's viertemal!

Schön *(kommt zurück)*. Nix is. Der Schalanter war's, der besoffene Drechsler von nebenan, mit sein Bub'n, den s' grad bei der Assentierung b'halten haben und der a nit nüchtern ist. Wegen derer Neuigkeit und aus Herz' haben s' mi hinausgenarrt. Sie haben auch nach unsern Eduard g'fragt und wolln ihn sehn, wenn er kommt, i hab' ihnen's aber glei g'sagt, es wird ihm keine besondere Ehr' sein.

Zweite Szene

Vorige. Hutterer.

Hutterer *(kommt hinter dem Gitter von rechts)*.

Anna. Ich küss' die Hand, Euer Gnaden!

Schön. Guten Abend, gnä' Herr!

Hutterer. Guten Abend! Na, heut kommt ja Ihner Eduard, nit?

Schön. Ja, er soll wohl.

Hutterer. Ich hab' g'hört, er ist Geistlicher word'n?

Anna. Ja, er is hochwürdig.

Hutterer. Was man nit an die Kinder alles erlebt, wenn man alt wird. Ich seh' 'n noch heut vor mir, den Rutscherpeter, der nie a ganze Hosen hat derleiden mög'n, jetzt is der gar a hochwürdiger Herr! Er hat doch, soviel ich weiß, auf was anders studiert? Wart's ös glei so damit einverstanden? Dös hätt's ja in ein Seminar viel billiger richten können.

Schön. Freili, wenn mer's früher g'wußt hätt'.

Hutterer. Is ihm die Frömmigkeit so auf einmal eing'schossen?

Schön. Ja, gnä' Herr, das is a eigene G'schicht. Ich weiß, Sie hab'n sich die Jahr' her g'wundert, daß wir uns kein guten Bissen vergönnen, nur um den Bub'n studiern zu lassen, aber das is so eins aus dem andern kommen. Meine Eltern waren Tagwerkerleut', hat keins lesen noch schreiben können, aber der Vater hat g'sagt, das därf nit so fortgehn bei unsere Kinder, die müssen was lernen, na, da hat's halt mehr schwarz Brot und Erdäpfel geb'n als Fleisch, wie man sich leicht denken kann, aber wir Kinder sind dafür fleißig in die Schul' g'schickt word'n. Und wie ich, mein Bruder und meine Schwester an sein Totbett g'standen sein, da hat er g'sagt, sagt er: „Secht's, euch geht's schon viel besser, als's uns gangen is, müßt's halt auch dazuschaun, daß's euern Kindern wieder um ein Teil besser geht als wie euch. Bei manch einem hat's kein Geschick und kein Aussehn, daß es mit ihm besser wird, aber die, die er hinterlaßt, können sich darauf einrichten, wenn er ihnen ehrlich an die Hand geht, und möchten's die Leut' so halten und nit bloß alleweil alleinig auf sich denken, so hätten s' vor nötige Gedanken zu keine unnötigen Zeit, und das Geschimpf und Geraunz über Gott und Welt möcht' a End' finden." Hat er g'sagt – und nach derer Red' hab'n mer uns alle, i, mein Bruder und meine Schwester, g'richt. So hab'n auch wir für unser Kind das Opfer bracht, aber es reut uns nit, bis auf den heutigen Tag nit, wie auch die Sach' steht, gelt, Alte?

Anna. Na, es reut uns g'wiß nit.

Schön. Freilich hab' ich glaubt, ich könnt' 'm Eduard auf mein Totbett auch sagen: „Halt's mit deine Kinder, wie es mit dir is gehalten worden", na, es hat nit sein sollen, es ist anders kommen, und das war so, er is schon bald mit seiner Studie fertig gewesen, da hat er a Madel kennen g'lernt – müssen nit lachen, Herr von Hutterer – a Madel, was das für eins war, na, meine Alte soll's sag'n.

Anna. U mein, Euer Gnaden, das war a liabs G'schöpf, nit zu groß, nit z' klein, nit z' fett, nit z' mager, so „aufrichtig" war's g'wachsen, und dann das noble, feine G'sichterl mit die pechschwarzen Haar', bildsauber, mit ein Wort bildsauber, und so stolz und wieder so b'scheiden, und so lustig und wieder so nachdenklich und herzensgut – *(wird immer weinerlicher)* und so a schöns, liabs, guats Kind...

Schön. Na, na, jetzt wirst wieder weinen, was redst denn nachher davon?

Anna. Du hast mi ja selber aufgefordert.

Schön *(sich besinnend).* Ja so, ich hab' dich selber aufg'fordert. Also, daß i sag', damals sein grad wieder die Blattern stark in Wien umgangen, das Madel hat sich gelegt, hundert und hundert sein davonkommen, sie hat draufgehn müssen. Unser Sohn hat sich's von der Familie erbeten, daß er bei der Kranken wachen darf, er ist auch dann nachtüber vor der Leich' gesessen und mit beim Begräbnis gewesen, aber von der Zeit ab war er ein anderer. I hab' mi damals über ihn geärgert und g'sagt: „Wann dir deine Eltern nix mehr sein und wenn dich die Welt nimmer g'freut, so geh lieber glei in ein Kloster!" Sagt er. „Vater, sei nicht kindisch. Ihr seids und bleibt meine lieben, alten Leut', und von der Welt will ich mich nicht absperren, sie soll mich ja zerstreuen, aber – hat er g'sagt – die Philippin, das war mein Lieb' für Zeit und Ewigkeit, die bleibt mir, tot oder lebendig, die werd' ich nicht los, und da wär' mir's halt am liebsten, so bissel seitab vom ärgsten G'wühl; in ein Kloster werd' ich nicht gehn, aber Geistlicher will ich werd'n!" Teuxel h'nein, ich hab' ihm freilich alls vorgestellt – was das für ein schwerer Stand wär' – aber wie ich g'sehn hab', er weiß's ehnder und besser noch wie ich, da hab' i g'sagt: „Bisher war's mein Sach', jetzt is's die deine, tu, was d' glaubst." Da hat er mit einer Freud' von neuem zum Studieren ang'hob'n und ist Geistlicher word'n – is Geistlicher word'n – ja – no, Geistliche müssen a sein!

Hutterer. Ah, freilich, man braucht s' schon manchmal, ich werd' 'n selber ersuchen, daß er unser Hedwig kopuliert.

Anna *(schlägt die Hände zusammen).* Was S' sagen, gnä' Herr! So heirat d'Fräuln Hedwig?

Hutterer. Ja und bald auch noch. Wenn man so a mannbars Madl auf gute Art aus'm Haus bring'n kann, is's ja eh a wahrs Glück. Das ewige Aufpassen, Behüten und Überwachen wird ein'm z'wider. Soll s' ein Mann nehmen, soll der sich um sie sorgen.

Anna *(vertraulich)*. Jessas, wann sich am End' gar die jungen Leut' kriegen sollten, das wär' schön.

Hutterer *(für sich)*. Was? Was? – Die kann doch von nix wissen, wen meint s' denn nachher? *(Mit erzwungener Freundlichkeit, lauernd)*. No, erraten S' ihn etwa gar, den Bräutigam?

Anna. Ah, erraten tät' i 'n schon, wir hab'n nur allweil g'fürcht, er möcht' für die Fräuln Hedwig z' gring sein.

Hutterer *(klopft ihr vertraulich auf die Achsel)*. Wer is's?

Anna. Der Herr Frey.

Hutterer. Der Frey? Was, der Klavierklimperer, der Tastenhacker?! Na, der sollt' sich unterstehn und mir kommen! Der junge Stolzenthaler is's, wann Sie's wissen wolln, den wird s' heiraten, das is a Partie, der kann s' doch versorg'n, da kann s' doch was genießen. Ah, da hab' ich a saubere Entdeckung g'macht, also so was hat sich hinter mein Rücken ang'sponnen? 's ganze Haus redt schon davon, nur i, der Vater, weiß nix! Wär' ja notwendig, daß mer allweil daheim bei seiner Familie hocken bleibet und sich in gar kein Wirtshaus trauet, damit man nit hinterher solche Geschichten erlebt! Na, da werd'n wir aber doch gleich die Frau Mutter ins Gebet nehmen. He, Sidi! *(Ab durch die Türe des Seitentraktes.)*

Dritte Szene

Schön und Anna.

Schön. Da hast was Schöns ang'stift!

Anna. Mein Gott, es is mir halt so herausgerutscht, wer denkt denn...

Schön. Wenn ein G'schöpf auf Gottes Erdboden, so soll doch der Mensch allweil denken, mein' ich. Jetzt hast es!

Anna. Schrei du noch mit mir herum, wo mir eh so viel hart g'schiecht weg'n der Hausfrau und besonders weg'n der Fräuln Hedwig. Und 'n Dingsda, 'n Stolzenthaler soll s' heiraten, hat er g'sagt? Das is ja der nämliche, der mit der Schalanter Pepi 's Techtelmechtel hat?

Schön. Ja und nit alleinig mit der. Aber jetzt laß uns gehn, damit ma's nit a no mit anhören muß.

Anna *(im Abgehen)*. O mein Gott, o mein Gott!

Schön *(folgt ihr, brummend)*. Ja, „o mein Gott, o mein Gott!" Hinterher kann jeder sag'n: O mein Gott! *(Beide sind durch das Gittertor abgegangen.)*

Vierte Szene

Hutterer und Sidonie aus dem Seitentrakt.

Hutterer *(seine Frau an der Hand nach vorne führend)*. Komm nur heraus! Komm her! Was hör' ich? Was hab' ich hörn müssen?

Sidonie *(verschüchtert).* Ja, ich weiß nicht, was du gehört hast.

Hutterer *(grimmig lachend).* Ha!

Sidonie. Du lachst?

Hutterer. Fallt mir ein! Ich hab' nix zu lachen, aber ös habt's auch nichts zu lachen, das geb' ich euch schriftlich. Is das wahr, daß die Hedwig und ihr Klavierlehrer a Aug' aufeinander hab'n? Is das wahr?

Sidonie. Lieber Anton...

Hutterer. Ich bitt' mir's aus, ich bin gar kein lieber Anton. Ich frag', hab'n die zwei ein Aug' aufeinander, und wann, wo hast du – als Mutter – dann die deinen g'habt?

Sidonie. Daß sie sich leiden mögen, hab' ich wohl bemerkt.

Hutterer *(höhnisch).* Ah?

Sidonie *(entschuldigend).* Aber ich hab' sie nicht aufg'muntert.

Hutterer. „Nicht aufgemuntert“, was das für a Red' is? Abschrecken hätt'st s' solln, daß s' gar nit auf so dumme Gedanken kommen.

Sidonie. Ich hab' ja nur immer und alleweil abg'wart, was du dazu sagen wirst.

Hutterer *(ganz perplex).* Ich? Ja, hab' denn ich a Ahnung g'habt?

Sidonie. Aber, Anton, bei so junge Leut', die sich noch gar nit zu verstellen wissen! Du bist ja nicht blind und wirst dich von unsrer Bekanntschaft her erinnern – –

Hutterer. Unsinn! Ich war kein Klavierlehrer und du keine Hausherrnstochter. Was weiß ich, wie zwei Geschöpf' von so ein himmelweiten Abstand auf die Lieb' verfallen, wo sich das eine aufdrängen und das andere wegwerfen muß?!

Sidonie. Schau', Anton, sei g'scheit.

Hutterer. Bin ich's etwa nit?

Sidonie. Jetzt, wo du weist, wie die Sach' steht, solltest du als guter Vater unserer Hedwig ihrem Glück nit entgegen sein.

Hutterer. Sonst nix? Bist du a gute Mutter? Redst du mir zu, unser einziges Kind an ein Hungerleider zu verheiraten? Gott sei Dank, daß ich mir ihr Glück mehr angelegen sein lass'. Heiraten soll s', das steht, aber ich hab' a Partie für sie, was a Partie is. Gelt, da schaust? Ja, das is mein Sach'. Verstanden? Jetzt geh hinein, zahl' 'n Herrn Klavierlehrer aus und sag' ihm gleich, daß heut die letzte Lektion war; dann bring' mir 's Madel her.

Sidonie. Anton, übereil' nur nix!

Hutterer. Da wird nix übereilt, das ist unter Männern abg'macht, und wenn du meinst, ich könnt' mich über eine Weil' anders besinnen, so verrechnest dich stark; eher bring' ich das Madel um! Himmelsapperment, geh und tu, was ich schaff'! Du kennst mich doch, wenn ich einmal mein Kopf aufgesetzt hab'!

Sidonie. Na ja, ich geh' schon. *(Kopfschüttelnd nach dem Haustrakt ab.)*

Hutterer. Das kommt von die verkehrten Einrichtungen! Bei ein Bub'n fallt's ein'm g'wiß nit ein, daß mer ihm a Lehrerin halt, aber bei die Madeln muß's a Lehrer sein, da zügelt man sich so ein jungen Lakl ins Haus, und nachher hat man's davon. Unglückseligs Klavierspiel wem das a von uns zwa eing'fallen is? Der alte Stolzenthaler hat mir gesagt, es wär' jetzt schon notwendig, daß sein Bub amal g'setzt wurd', und bei mein Madel, merk' ich, es ist a höchste Zeit, daß's unter die Haub'n kommt. Die passen ja immer schöner z'samm.

Fünfte Szene

Hutterer und Frey (aus dem Trakt).

Frey *(erregt)*. Entschuldigen, Herr von Hutterer, nur auf einen Augenblick.

Hutterer *(hähmisch, übertrieben höflich)*. Bitte, was steht zu Diensten?

Frey. Die gnädige Frau sagte mir, daß der Klavierunterricht des Fräuleins abgebrochen werden soll –

Hutterer. Ja. Hab'n S' Ihr Geld kriegt?

Frey. Das wohl.

Hutterer. Na, also, so haben wir über den Punkt nix weiter zu reden.

Frey. Ich maße mir natürlich nicht an, Ihren Entschluß zu kritisieren, aber meiner Ehre als Lehrer bin ich es schuldig, daß ich Sie aufmerksam mache, obwohl Ihr Fräulein Tochter ein sehr hübsches Talent besitzt und ich mein möglichstes getan habe, so war doch die Dauer des Unterrichtes zu kurz.

Hutterer. Eben, Sie hätten mit der Zeit auch Unmögliches leisten können.

Frey. Mit einem Wort, es fehlt dem Fräulein noch an Geläufigkeit.

Hutterer. Ja, ja, sehn S', Sie könnten meiner Tochter vielleicht mehr Geläufigkeit beibringen, als die ihrem Zukünftigen lieb wär'.

Frey *(auf ihn zutretend, mit warmem Ton).* Herr von Hutterer, Sie wissen – –

Hutterer *(zurücktretend, ihn parodierend).* Herr von Frey, ja, ich weiß.

Frey. Herr – aber ich weiß mir Ihr Benehmen nicht zu erklären.

Hutterer. Nicht? Tut mir leid. Schaun S' halt um a Häuserl weiter, vielleicht finden Sie dort einen Vater, der deutlicher ist. Ich wünsch' es Ihnen!

Frey. Ich finde Sie in übler Laune. Vielleicht ein andermal. Gehorsamer Diener!

Hutterer. 'schamster Diener! Bemühn Sie sich nicht weg'n ein andermal, ich bleib' mir gleich. – Ich bitte, wohin denn?

Frey *(ist gegen den Trakt gegangen).* Sie sehen, ich bin ohne Hut.

Hutterer. Bleiben Sie. *(Ruft zur Türe hinein.)* Sidi, die Hedwig soll dem Herrn Klavierlehrer seinen Hut mitbringen.

Frey. Aber wozu die Damen bemühn?

Hutterer. Sie tun das nicht gerne? Denk' mir's. *(Geht auf und ab, summend)*. Hum, hum, hübscher Abend heut, was?

Frey. Fragen Sie mich?

Hutterer. Na ja.

Frey. Sonderbar.

Hutterer. Ich find' da nix Sonderbars. *(Wendung gegen die Auftretenden.)* Ah, da seid's ja.

Sechste Szene

Vorige, Sidonie und Hedwig (aus dem Trakte).

Hutterer. Hedwig, gib dem Herrn Klavierlehrer den Hut.

Hedwig *(die den Hut in Händen hat, hält ihn mit leisem Zittern Frey hin).*

Hutterer. Na, nehmen S' ihn! *(Zu Hedwig.)* Dieser Herr wird unser Haus nicht mehr betreten. Du kannst dein Klavierspiel als aufgegeben betrachten; es sind dabei Saiten angeschlagen worden, die mir nicht behagen. Überhaupt wird nunmehr jedes Spiel für dich ein Ende haben, und der Ernst des Lebens wird an dich herantreten. *(Sieht Frey, der noch immer auf selbem Flecke steht.)* Ja, – gehorsamer Diener!

Frey *(grüßt stumm und schreitet gegen den Trakt).*

Hutterer. Wohin denn wieder?

Frey. Meine Zigarrenspitze muß auf dem Piano liegengeblieben sein.

Hutterer. So holn Sie's. So a vergessener Ding, das ging' ein'm noch ab. *(Zu Hedwig.)* Also, wo sind wir stehn geblieben? Ja, der Ernst des Lebens wird an dich herantreten, du wirst deine Bestimmung erfüllen, – kurz und gut, ich hab' eine Partie für dich, an der nichts auszusetzen ist, tu mir also den Gefallen und setz' auch daran nix aus.

Frey *(erscheint im Hintergrunde an der Türe).*

Sidonie. Mach' das arme Kind nicht verzagter, als's eh schon is. Sag' doch, wer, damit man weiß, wo es hin will.

Hutterer *(zu Hedwig).* Du kennst den jungen Stolzenthaler?

Sidonie. Was, der Stolzenthaler? Ah, das ist etwas anderes!

Hutterer. Gelt, da schaust?

Sidonie. Du denkst halt doch an dein Familie. *(Umarmt Hedwig.)* Kind, du wirst die reichste Frau am Grund.

Hedwig. Verlang' ich's?

Hutterer *(zu Hedwig).* Also ich bitt' mir eine Antwort aus. Kennst du den jungen Stolzenthaler?

Hedwig. Ich hab' ihn nur paarmal flüchtig gesehn.

Hutterer. So nimm dir die Zeit und schau dir 'n gehörig an. I hab' seine Photographie mitgebracht. *(Hat ein Bild aus der Tasche gezogen, das er ihr aufdrängen will.)* Da!

Hedwig *(wehrt ab).* Ich danke.

Hutterer. Mach' keine Geschichten!

Sidonie *(macht hinter Hedwigs Rücken Zeichen entrüsteter Abwehr).* Pfui, Anton!

Hutterer *(wirft einen Blick auf das Bild).* O, sapperlot, das ist a verbotene, – vom Hausierer. *(Steckt es rasch ein, zu seiner Frau.)* Es war halt gestern so a bissel lustig... *(Zu Hedwig.)* Du willst das Bild nicht sehen! Gut, kriegst es auch nicht zu sehen! *(Zu Sidonie.)* Es war halt gestern so a Abend... *(Zu Hedwig.)* Du nimmst ihn ung'schaut. Punktum!

Sidonie *(streng).* Na, jetzt laß das Kind erst zu sich kommen.

Hutterer *(sehr zahm).* Na, wie du halt glaubst, meine liebe Sidi! Ich mein' nur, so stark wird s' doch sein, daß s' ja oder nein sagen kann.

Sidonie. Sie wird's schon sagen. Laß mich nur machen, sie wird ja sagen. Nicht wahr, mein Herzbünkerl? *(Schmeichelt ihr.)* Du wirst a Leben haben als Frau von Stolzenthaler und dabei wirst auch unser höchste Freud' sein; es kost't dich nur a kleinwinzigs Wörtel. Na, druck' die Augerln zu, mach's Goscherl auf und sag' ja.

Frey *(ist durch das Gittertor getreten und schlägt es jetzt hinter sich zu).*

Hedwig *(aufschreckend).* Nie!

Hutterer. Was?

Sidonie. Aber Kind!

Hedwig *(laut).* Ich lass' nicht von mein Robert! *(Sieht nach dem Gittertor.)*

Hedwig. Er wird auch mich nicht verlassen! *(Wieder mit einem Blicke nach dem Gittertore.)*

Sidonie. Hedwig!

Hutterer *(kommt vor Aufregung erst allmählich zu Atem).* Das getraust du dir uns, deinen Eltern, gegenüber? – Das muß man sagen, du hast eine saubere Erziehung genossen! – Aber den Menschen hast du in sein Verderben geredt, – auf alle Fälle, wie d' dich a besinnst, der muß unschädlich g'macht werd'n, – schau' dir 'n in zwei Monaten an, – in kein Haus, wo ich aus und ein geh', mehr a Lektion!

Hedwig *(mit gefalteten Händen).* Vater!

Hutterer. Das geschieht ihm. Aus ist's! Und du besinn' dich, was du deinen Eltern schuldig bist. Ein Gehorsam, verstehst? Eltern wissen allemal besser, was den Kindern taugt, und müßt' ich dich zwingen, so würd' ich dich auch zu dein Glück zwingen. Du sollst es auf der Welt besser haben als wie wir, dafür sollen eben die Eltern sorgen, daß es den Kindern immer um a Stückl besser geht, als es ihnen selber ergangen is. Da an der Stell' hat das vor kurzem noch unser Hausmeister gesagt, und ich werd' doch als Vater nit gegen ein Hausmeister zurückstehn! Komm, Sidi, lass'n wir s' jetzt gehn. Sie soll sich das ganz alleinig überleg'n. *(Geht voraus nach dem Trakt.)*

Sidonie. Liebs Kind, von dem Klavierlehrer kann jetzt keine Red' mehr sein, der Vater ist zu aufgebracht gegen ihn, tu dem armen Menschen nit noch schaden, gib ihn auf, dann wollen wir schon machen, daß das wegen den Lektionen nur geredt bleibt. Sei gescheit!

Hutterer. Red' ihr nit viel zu. Sie soll von selber darauf kommen.

Sidonie. Sie wird schon gescheit sein.

Hutterer. I will's hoffen!

(Beide in den Haustrakt ab.)

Siebente Szene

Hedwig, dann Frey.

Hedwig. Sie wollen mich zwingen zu meinem Glück. Jemanden zwingen, glücklich zu sein! *(Legt beide Hände an die Stirne.)* O mein Gott! Das ist ja ein unsinniger Gedanke!

Frey *(sich vorsichtig umsehend, tritt ein und kommt vor).* Fräulein Hedwig!

Hedwig. Robert! *(Leidenschaftlich mit beiden Händen die seinen erfassend und ihn etwas zur Seite ziehend.)* Warum sind Sie weggegangen, als ich Ihnen zu Gehör geredet, mich nicht zu verlassen?

Frey. Konnte mein Dazwischentreten etwas nützen?

Hedwig. In Ihrer Gegenwart hätte ich den Mut gehabt, alles zu sagen, was mir auf dem Herzen liegt.

Frey. Und dadurch wäre der unangenehme Auftritt nur verlängert und verschärft worden.

Hedwig. Wie bedächtig! Robert, ich breche Ihnen den Finger, um Sie aus dieser Gelassenheit zu bringen. Sagen Sie, was nun zu tun ist?

Frey. Sie kennen den Mann nicht genauer, der Ihnen bestimmt ist; ich werde Ihnen denselben schildern, und wenn Sie es dann nicht wissen, was zu tun ist... *(Zuckt die Achsel.)* Es ist dies ein Mensch ohne alle Bildung, ohne jede bessere Anlage; seinem Vater rühmt man wenigstens Tätigkeit nach, der Junge aber rührt keine Hand und läßt andere für sich arbeiten, er hat sich nur die Aufgabe gestellt, das Leben zu genießen, und wenn Sie erst wissen, was ihm Genuß ist, dann können Sie nur mehr *ein* Gefühl für ihn haben, das des Ekels!

Hedwig. O, was Sie auch über ihn sagen mögen, ich glaube Ihnen, ich glaube Ihnen alles! Aber nicht nach ihm habe ich Sie gefragt, was sollen wir beginnen?

Frey. Es ist ein gewagter Schritt, den ich Ihnen vorschlage, aber es ist der einzige und Zeit und Umstände drängen. Hedwig, vertrauen Sie sich ganz meiner Ehrenhaftigkeit an, – laufen Sie mit mir in die weite Welt!

Hedwig. Und wenn das nicht anginge, wenn ich mich gerade dazu nicht entschließen könnte?

Frey. Dann ist unser Schicksal entschieden. Ich habe mich für den Fall entschlossen, sofort wieder zum Militär einzurücken, und die Lektionen, die ich den Rekruten auf dem Exerzierplatze zu erteilen habe, wird mir Ihr Herr Papa nicht streitig machen. *(Mit einem Seufzer.)* Und Sie, Hedwig, – *(Wendet sich ab, kleine Pause.)* Wollen Sie Ihre Briefe zurück haben?

Hedwig. Nein. In Ihren Händen weiß ich sie sicher.

Frey. Verbrennen Sie die meinen.

Hedwig. Niemals. Ich behalte sie als ein teueres Angedenken auf.

Frey. Tun Sie es nicht. Der Zufall könnte diese armen Blätter einmal ans Licht bringen, und Sie ahnen nicht, welche Roheiten Sie dann von *dem* Manne zu gewärtigen hätten.

Hedwig *(an seine Brust sinkend).* Robert!

Frey *(jubelnd).* Hedwig! Du gehst mit mir!?

Hedwig *(sich aus der Umarmung lösend).* Ich habe den Mut nicht – ich bin nicht leichtsinnig genug.

Achte Szene

Vorige. Hutterer und Sidonie erscheinen unter der Türe des Traktes.

Frey. Du hast nicht den Mut, den Schein des Leichtsinns auf dich zu laden, um dir ein treues Herz fürs ganze Leben zu gewinnen? O, um aller Heiligen willen, habe nur nicht die Schwäche, dich willenlos ins Elend stoßen zu lassen. Erhalt' mir dein Bild rein, laß mich's nicht denken herabgekommen und befleckt durch den steten Umgang mit der Gemeinheit. Hedwig, laß mich ganz aus dem Spiele, gedenke meiner gar nicht, vergesse mich, nur um deiner selbst willen, mit Hand und Fuß und jeder Fiber sträube dich gegen diese unselige Verbindung!

Hutterer *(vorstürzend).* Ah, bravo, das is schön, ein Kind gegen die eigenen Eltern verhetzen! Sie elender, undankbarer Mensch, ist das der Lohn, daß wir Ihnen in unsern Haus ein Jahr und sechs Monat' Geld hab'n verdienen lassen?!

Frey *(wütend).* Mißbrauchen Sie doch nicht den geheiligten Elternnamen, Sie opfern Ihre Tochter ja doch nur einer Laune – einer reichen Verschwägerung – Sie schlagen Kapital aus Ihrem Kinde!

Hedwig *(ist auf eine Gartenbank gesunken).*

Hutterer. Herrr – Sidi, halt' mich, sonst geschieht heut noch ein Unglück!

Neunte Szene

Vorige. Schön und Anna haben Eduard, in ihrer Mitte, über den Hof geführt, eintretend.

Schön. Gnä' Herr, gnä' Herr, da is er!

Anna. Da hab'n wir 'n schon.

Schön *(halblaut).* Ui, da hat's was g'setzt.

(Pause allgemeiner Verlegenheit.)

Hutterer *(faßt sich, tritt Eduard entgegen).* Ah, freut mich sehr. *(Gibt ihm die Hand.)* Hochwürden kommen eben recht. *(Führt ihn vor.)* Bitte, klären Sie meine Tochter auf über die Pflichten, die ein Kind gegen seine Eltern hat! Wir wollen nur ihr Glück – und selbst für den Fall, daß sie das Glück nit für a Glück halt, – gerad heraus, ohne Umschweife, – was soll sie tun?

Eduard. Gehorchen und das Glück Gott anheimstellen!

Hutterer. So ist's! Sie sind mein Mann!

(Zwischenvorhang fällt rasch.)

Verwandlung

Verwahrlostes Zimmer, halb Werkstätte, halb Wohnraum. Mitteltüre, eine Seitentüre links, welche offen steht. Im Hintergrunde zu beiden Seiten der Türe Betten, ein solches steht auch an der Wand links neben der Seitentüre. An der Wand rechts Schränke. Im Vordergrunde rechts ein Sofa, davor ein Tisch, links eine Drehbank.

Zehnte Szene

Barbara, Johann, Michel.

Wie der Vorhang aufgeht, ist Johann an der Drehbank geschäftig, Barbara tritt durch die Mitte ein, sie trägt eine große Blechtasse, worauf mehrere Kaffeeschalen und ein großer Hafen stehen, ein Gebäckkörbchen hält sie nebenher zwischen ein paar freien Fingern. Michel ist noch nicht sichtbar.

Barbara. Da is der Kaffee. Herr Johann, hörn S' vom Arbeiten auf. *(Sie stellt das Mitgebrachte auf den Tisch und ruft.)* Michel! Setzen S' Ihnen daher, Herr Johann! *(Deutet auf das Sofa.)*

Johann. O, ich bitt', Frau Meisterin, wie komm' ich dazu –?

Barbara. Machen S' keine Umständ', wir sind alle nur Menschen. *(Lauter rufend.)* Michel, hörst nit?

Michel *(von innen)*. Ja, Meisterin! *(Tritt gähnend und sich reckend aus links.)* Ah!

Barbara. Hast wieder g'schlafen?

Michel. Ja, und träumt, daß ich Draxler werd'n soll.

Barbara *(zu Johann.)* Es is ein Skandal, der Meister schaut gar nit auf ihn, auf einmal wird sein Lehrzeit um sein, und er wird nix verstehn.

Michel. Das macht nix, die Genossenschaft muß mich doch von der Draxlerei freisprechen – wegen Mangel an Beweis.

Barbara *(rückt ihm eine Schale und eine Semmel hin).* Den Kaffee tragst hinunter, wenn der Herr da is!

Michel. Da lass' ich 'n lieber glei herob'n.

Barbara. Du tragst ihn hinunter, auch wenn der Herr nit da is! *(Zu Johann.)* Aber greifen S' zu, lieber Herr Johann *(rückt ihm den großen Hafen hin),* da is das Tröpferl, das Ihnen vermeint is.

Johann. So viel! –

Barbara. Greifen S' zu, es kommt vom Herzen.

Michel *(beiseite).* Die Meisterin muß a groß's Herz haben, wenn so a Häfen Kaffee drin Platz findt.

Barbara. Marschier' und bleib' glei unten im Laden, damit ma doch nit 'n ganzen Tag 'n Dienstboten alleinig im G'schäft laßt!

Michel. 's könnt sich ja a d'Meisterin abisetzen.

Barbara. Geht das di was an, kecker Bub? 's G'schäft is 'm Meister sein Sach'. Ich hab' im Haus z' tun.

Michel. Oder d'Fräuln Pepi.

Barbara. Die hat außerm Haus z' tun.

Johann *(seufzend).* Ah ja.

Barbara. Jetzt steh' mir nit weiter da herum!

Michel. Frau Meisterin, wenn der Herr nit da is, was g'schieht denn nachher mit 'm Kaffee?

Barbara. Kannst 'n selber trinken.

Michel. Vergelt's Gott! *(Setzt die Schale an den Mund.)*

Barbara. He, was treibst denn?

Michel. A wengerl abtrinken, daß ich nix verschütt', wär' schad drum; sicher is er mir ja eh. Küss' die Hand, Frau Meisterin. *(Geht durch die Mitte ab.)*

Barbara *(hinter ihm abgehend)*. Komm mir nit so bald wieder unter die Augen, das sag' ich dir!

Johann *(allein)*. Ja – die Fräuln Pepi – daß die immer außerm Hause ist!

Elfte Szene

Johann, Barbara (zurück).

Barbara. So, mein lieber Johann. *(Setzt sich an das andere Ende des Sofas, streift sich die Schürze glatt.)* Aber Sie essen ja gar nichts!

Johann. Nein!

Barbara. Is er vielleicht nicht süß genug? A Stückerl Zucker? Nehmen S' doch, a Semmerl oder ein Kipferl. Lassen S' Ihnen nix abgehn.

Johann *(nimmt eine Semmel)*. Ich bin so frei, wenn's erlaubt ist.

Barbara. Weil wir just so gemütlich beieinander sitzen, muß ich Ihnen doch sagen, obwohl Sie erst kurze Zeit bei uns sind, hab' ich Ihnen doch was ang'merkt, Sö Schlankl, Sö.

Johann. Was ang'merkt – mir?

Barbara. Na, na, lassen S' es gut sein, junge Leut' sein amal junge Leut', und i hab's nit ungern, wann s' a G'fühl zeigen. Mein Pepi sticht Ihnen halt in die Augen.

Johann *(würgt an einem ungeheuren Brocken).* Uhum.

Barbara. Das is weiter kein Sünd' –

Johann *(lacht verlegen).* Hehehe, nein, nein, hehe.

Barbara. Aber a Unsinn.

Johann. Ja, aber warum denn?

Barbara. Mein Tochter is nix für Ihnen. Erstens tät's alle zwei miteinander nix hab'n –

Johann. Nein. Vorläufig –

Barbara. Und dann hat sie ja die Bekanntschaft mit unserm Hausherrnssohn.

Johann *(seufzend).* Ja.

Barbara. Da muß man halt g'scheit sein. Schaun S' Johann, *(vertraulich näher rückend)* muß's denn grad so a jungs Flitscherl sein?

Johann *(rückt etwas weiter).* Wissen S', mir wär's lieber.

Barbara. Das is halt Gustosach', aber wenn's wer mit einem gut meint, so muß man 'n nit nach 'm Taufschein frag'n. – Essen S', lassen S' nix über, die Semmeln derfen nit überbleiben, wurden ja altbacken. Stecken Sie s' ein. *(Sie steckt ihm mit der rechten Hand eine Semmel in die rechte Tasche und, indem sie den Arm um seinen Leib legt, mit der linken eine andere in die linke Rocktasche.)* So – sehn S' – so!

Johann *(bläst).*

Barbara. Schaun S' mich einmal an, Johann.

Johann *(hält mit beiden Händen eine Semmel, die er brechen will, über den Hafen).* Wenn's die Frau Meisterin schafft. *(Wendet sich etwas nach ihr.)*

Barbara *(näher rückend).* G'fall' ich Ihnen gar nit?

Johann *(läßt vor Schreck die Semmel in den Kaffee fallen).* Ah! *(Springt auf und blickt in den Hafen.)* Da ist mir jetzt die ganze Semmel...

Barbara *(hat sich gleichfalls erhoben).* Is ja kein Unglück. Werden s' gleich wieder herausfischen, wo schwimmt s' denn? *(Sie steht neben ihm, hat die Linke um seinen Leib gelegt, ihr Gesicht dem seinen ganz nahe gebracht und schlägt ihn jetzt mit der Rechten auf die Wange.)* Johann!

Johann *(reißt sich los).* Loslassen! – Potiphar! – Verstanden? Wissen S', ich bin ein katholischer Gesell'! Lieber ungegessen ins Himmelreich, als mit allen Taschen voll Proviant in d'Höll! *(Zieht eine Semmel nach der andern heraus und wirft sie ihr vor die Füße.)* Da, – da. *(Es wird außen geläutet.)*

Barbara *(klaubt die Semmeln auf).* Ja, ja, komm' gleich. *(Wirft das Gebäck ins Körbchen, mit einem zornigen Blick auf*

Johann.) So ein dummer Mensch is mir noch nit vorkommen! Was glauben S' denn von mir? *(Wütend ab.)*

Johann. So was is mir noch in keiner Arbeit passiert.

Zwölfte Szene

Johann, Barbara, Stolzenthaler, Josepha.

Barbara *(läßt Josepha und Stolzenthaler eintreten und bleibt noch außen).* Geht's nur hinein, Kinder. Es will schon finster werden, ich mach' uns nur ein Licht.

Josepha *(in teuerem, aber nicht geschmackvollem Putz).* Herr Johann.

Johann *(hinzueilend).* Da bin ich, Fräuln Pepi.

Josepha *(nimmt Hut und Tuch ab und gibt ihm beides).* Da, – legen S' mir's auf mein Bett.

Johann *(geht mit den übergebenen Gegenständen Seite links ab und kehrt gleich wieder ohne dieselben zurück).*

Josepha *(läuft, wie sie abgelegt hat, sofort nach dem Sofa, läßt sich in den Sitz fallen und stützt den Kopf in die Hand).*

Stolzenthaler *(ein junger Mensch, ebenfalls ohne Geschmack geputzt, die Hand voll schwerer Ringe, eine auffallende Uhrkette, zwischen den Zähnen eine kostbare, aber sehr massive Zigarrenspitze; er lümmelt sich über den Tisch und spricht über selben zur Josepha).* Weißt, Mauserl, ich kann mir schon denken, wie dir is, denn solchene, wie ich bin, rennen wenig in Wean herum. Aber nur a Einsehn und kein Flehnerei, dös vertragt unsereins net.

Barbara *(kommt mit einer Lampe, die sie auf den Tisch stellt)*. Machen Sie's nur aus, Herr von Stolzenthaler, wann s' etwa wieder dalket war. – Wie schaust denn du aus? Du hast ja g'weint.

Stolzenthaler. Weil s' a fads Ding is, drum hab' ich s' a heut früher als sonst heimg'führt.

Barbara. Was war denn wieder?

Stolzenthaler. Na ja, Frau Mutter, alles, was recht is, es war schon a Schub! Aber ich bin a aufrichtiger Kerl, ich hab' ihr's doch früher sagen müssen, eh ihr's fremde Leut' zutragen. Mein Alter will mich verheiraten, und da ich ihm schon mehr zu Trutz als z' G'fallen tan hab', so hab' ich da net nein sagen mögen. Is a wieder a Abwechslung, und a Abwechslung muß der Mensch hab'n, sonst wird 's Leben öd.

Barbara *(neugierig)*. Wer is denn die Braut, wenn man's wissen därf?

Stolzenthaler. Die Hutterische von daneben.

Barbara. Die is sauber, und ihre Leut' sein reich.

Stolzenthaler. Na, mit einer andern hätt' mir mein Alter a nit kommen derfen.

Josepha *(weint in ihr Sacktuch)*.

Stolzenthaler. Da hörn S' Ihnen dös an. Es kann ja ein Menschen recht sein, daß mer ihm merken laßt, mer weiß, was er für a Mensch is, aber mit einer Handvoll davon hat man gnug, auf die Dauer wird's langweili.

Barbara. Pepi.

Josepha *(weinend).* I lass' mir's nit verbieten, von niemandem, von ihm schon gar nit, ich kann weinen, soviel i will.

Johann *(aus Mitgefühl ebenfalls weinend).* Das wird der Fräuln Pepi doch erlaubt sein?

Stolzenthaler. Ui jegerl, jetzt fanget noch eins zum Musiziern an, ah, da wird's mer doch zu unterhaltlich. *(Nimmt seinen Zylinder – Stößer – vom Tisch, drückt ihn schief auf den Kopf.)* Gute Nacht, Frau Mutter! *(Geht, eine eben gang und gäbe Melodie pfeifend, durch die Mitte ab.)*

Barbara *(steht bei Josepha).* Gute Nacht, Herr von Stolzenthaler.

Dreizehnte Szene

Vorige ohne Stolzenthaler.

Barbara. Aber Pepi, was hast denn?

Josepha *(aufspringend und durch das Zimmer laufend).* Frag'n S' doch nit! I soll mich etwa nit kränken? Zwei Jahr' geh' i jetzt mit dem Menschen, hab' alle seine schrecklichen Launen ertrag'n, weil ich denkt hab', wenn er sich g'wöhnt, so nimmt er mi am End' doch und i wurd' glücklich und Hausfrau und könnt' alle andern auslachen.

Barbara. Dös hast du glaubt? Für so dumm hätt' i di nit g'halten.

Josepha. Und Sö, Mutter, hab'n's im voraus g'wußt, daß's so kommt?

Barbara *(wie selbstverständlich).* Aber Kind...

Josepha. Und da haben Sö ihn ins Haus lassen?

Barbara. Hab' ich 'n Hausherrnssohn aus der Wohnung weisen können, wo wir dreiviertel Jahr Zins schuldig warn?

Josepha. Deswegen hätten S' mi do unter d'Augen b'halten können, nit, daß S' Landpartien mitmachen, mit dö andern im Wirtshaus sitzenbleiben und uns allein herumlaufen lassen.

Barbara. Aber liebs Kind, wenn mer die Leut' braucht, därf man sich mit ihnen nit verfeinden, da muß man schon a Aug' zudrucken, und du bist a jung und lustig, verlangst dein Vergnügen und ein bissel ein Putz, das hätt'n mer dir net beschaffen können und zu keiner Arbeit bist net erzog'n.

Josepha. Und warum – warum bin ich denn zu keiner erzog'n?

Barbara. A harte hätt' sich für di nit g'schickt, und was Feins konnt' mer dich nit lernen lassen, hätten überhaupt keine Not gehabt und könnten anders dastehn, hätt' der Mann net allweil Geld aus'm Haus trag'n. Dein Vater, der is an allem schuld.

Josepha. Was hab' i jetzt davon? Das G'fetzwerk und der G'schmuck werd'n bald versetzt oder verkauft sein, i steh' da als a arms verlassene G'schöpf, das nix hat als a üble Nachred' und um das sich ka Mann mehr umschaut.

Barbara. Gehst denn nit! Dir werd'n noch gnug kommen. So a Madel, wie du eins bist, dös mag sein, wie's will, und is noch allweil für kein z' schlecht! Aber wenn dir gar so um ein Mann is... Muß's gleich sein?...

Josepha. Lassen S' mi mit Fried'.

Barbara. Im Ernst, da hätt' i ein bei der Hand, derfst nur zugreifen.

Josepha. Möcht' wissen, wer?

Barbara. Dreh' dich nur um! *(Wendet sich gegen Johann.)*

Johann *(hat Gegenstände, die teils auf, teils neben der Drehbank lagen, aufgegriffen und in Ordnung gebracht, – zuckt erschreckt zusammen)*. Aber Meisterin! – *(Steht mit gebogenen Knien, hat die Oberarme an den Leib gepreßt und Unterarme und Hände quer über der Brust liegen.)*

Josepha *(in fröhlichen Leichtsinn umschlagend)*. Unser Johann? Hahaha! *(Sie gibt ihm einen leichten Backenstreich.)* Tschapperl!

Barbara. Hahaha!

Johann *(stimmt dumm in das Gelächter der beiden ein)*. Ja – hehe – ja, he!

Vierzehnte Szene

Vorige, Schalanter und Martin (durch die Mitte).

Schalanter. Hallo, da geht's ja lustig zu! Da sein mer.

Barbara. Na, kommt's endlich daher? Was is's denn?

Schalanter *(zeigt auf das Rekrutensträußchen, das Martin am Hute trägt)*. Siehst es nit? B'halten hab'n s' ihn. Natürlich. Net werd'n s' 'n b'halten, wie der a Bursch is?

Barbara *(nähert sich Martin und hält dabei die Schürze für etwaige Tränen in Bereitschaft).* Mußt also richtig von uns fort, Martin?

Martin. Ja, aber tu sich d'Frau Mutter deswegen net 's neuche Schürzel naß machen. 's zahlet sich net aus.

Barbara. Kommt's dir denn nit hart an, daß d' von deine Leut' weg sollst?

Martin. Ewig kann mer sowieso net auf der Welt beieinander bleiben. Was anders wär's, wenn s' uns weitmächtig von der Weanerstadt, weiß Gott wohin, verlegen täten; aber so bleib'n mer ja vorläufig da.

Barbara. Na, hast recht. Und wer weiß, wozu 's gut is, daß d' amal von dein Vatern fortkommst?!

Schalanter. Weil vielleicht bei dir 's Madl so gut aufg'hob'n is?! *(Zu Johann.)* Aber was machen denn Sö noch da, Johann, nach 'n Feierabend? Gehen S' in a Wirtshaus, daß S' auch a Mensch wern!

Johann *(wechselt den Rock, nimmt später den Hut. Beide hängen an einem Haken an der Wand links).*

Schalanter' Laßt's euch erzähln! Wir sein von die ersten g'wes'n, dö drankommen sein. Nur angeschaut hab'n s' ihn, den Martin, gleich hat's g'heißen: „*Der* Mann wird genommen." „*Den* Mann nimm ich zu mein Regiment." A völligs G'riß war um ihn. Ich hab's allweil g'sagt, und ich bleib' dabei, der bringt's zu was. Dazu hat er 'n Verstand und die Reschen, und mehr braucht er nit. Meine Bikennten hab'n mir's übelg'nommen, daß i ihn mit der Volksschul' hab' aufhörn lassen und nit in die

Realschul' geschickt, i hab' drauf g'sagt: A Esel wird nit gescheiter, und wann er gleich auf 'n Doktor studiert, für ein findigen Kopf aber is die Volksschul' in d'Haut hinein gnug. Das wird sich auch da weisen. Ein Geist braucht's halt, ein Geist und a Couraschi! Was hilft's denn, wenn ich noch so viel weiß und noch so schön reden kann, deßtweg'n kann doch jeder mit mir auf Mord und Brand dischpatiern, lass' ich ihm aber, wo der G'spaß aufhört, ein Deuter zukommen, dann gilt, was i sag'.

Johann. Ich empfehl' mich! *(Geht Mitte ab.)*

Schalanter. B'hüt Ihner Gott! Den Menschen kann i nit leiden, wenn er nit wie a Vieh bei der Arbeit alles z'sammreißet, er wär' bei mir nit dö vierzehn Tag' alt word'n, die er da is.

Josepha *(zu Martin).* Hast du a Freud' zum Soldaten?

Martin. A Freud'? Hat schwerlich einer, wo a Muß dabei is.

Schalanter. Mach' dir nix draus. *(Klopft ihm auf die Achsel.)* Da steht einer, aus dem noch was wird, dazu is er der Bursch, sagt's, i hab's g'sagt. *(Zu Barbara.)* Aber jetzt, Waberl, tu dich um! Auf das viele Trinken wird man nur no durstiger, und 'n ganzen Tag hab'n wir nix zum Beißen g'habt, also schaff was her!

Barbara. Ich hab' ka Geld.

Schalanter. Ka Geld?!

Barbara. Hast ja keins da lassen.

Schalanter. Da lassen werd' i no eins! Leerst du mir nit die Geldladeln aus, wenn i nur ein Schritt aus 'm G'wölb' mach'?

Barbara. Heut is nix eingegangen.

Schalanter. Nix eingegangen wär' heut? Gut, nimm's nur auf dein G'wissen! Je mehr du uns herunterbringst, nimm's nur auf dein G'wissen! Wenn du dein'm Kind den heutigen Tag verderben willst, so muß halt i mi opfern. Da – *(wirft eine Brieftasche auf den Tisch)* – i hab' eine Lieferung übernehmen wolln – da liegt die Kaution, gut, ich reiß' sie an. Brauch' die Lieferung gar nit. Der heutige Tag is mir heilig. *(Gibt Barbara eine Banknote.)* Nimm und hol' ein Wein und was zu essen was Guts, bitt' i mir aus! A Tag, wie der heutige...

Barbara. Ich bitt' dich gar schön, du tragst dein Geld ins Wirtshaus, als hätten wir jeds Jahr dreihundertfünfundsechzg Bub'n und alle Tag' Assentierung. *(Wendet sich zum Gehen.)*

Schalanter. Du! *(Auf das Kaffeegeschirr zeigend.)* Das könnt'st wohl mitnehmen.

Barbara *(nimmt das Geschirr vom Tisch)*. Geniert's dich?

Schalanter. Ja, weil ich ein Ordnung verlang'! Matz will ich heißen, wenn das nit schon zwei Stunden am Tisch steht.

Barbara. Ja freilich. *(Durch die Mitte ab.)*

Schalanter *(läuft zur Mitteltüre, reißt sie auf und ruft hinaus)*. Mußt 's letzte Wort hab'n?!

Barbara *(von außen)*. Matz!

Josepha *(geht kurz darnach links ab und kehrt erst beim Eintreten der Herwig zurück)*.

Schalanter. Nur 'n Fuß därf man ins Haus setzen, so muß man sich schon ärgern, und da traun sich die Leut' mir was nachzusagen, weil ich lieber auswärts bin! Ja, wann dös

Hauswesen a Hauswesen wär', aber schau' nur amal, wie's d'r da ausschaut, – ka Ordnung und ka Geld vorhanden. Wann das Hauswesen g'führt word'n wär, hätt' ma am Madel nit die Schand' zu erleben braucht und du hätt'st nit not, drei Jahr' 'n Schießprügel z' schleppen, den einjährigen Freiwilligen hätt's uns auch noch trag'n. Aber wer is an allem Schuld? Dein Mutter, an allem!

Martin *(wirft sich lässig auf das Sofa).* Streiten S' nur nit wieder mit ihr, wenn s' zurückkommt. Dö paar Täg', die ich noch frei bin, will i a Ruh' hab'n.

Schalanter. Und weil du a Ruh' hab'n willst, soll i ka Wort reden derfen?

Martin. Gegen 's Reden hab' ich ja nix, nur gegen 's Streiten. D'Nachbarschaft wird sich auch nit ängstigen, wann s' uns a Weil' nit hört, und wenn i fort bin, können Sie's ja wieder einbringen, aber bis dahin leid' i's nit.

Schalanter. Du willst's nit leiden? Ja, wer is denn eigentlich der Herr da zwischen dö vier Mäuer, i frag', wer?

Martin. Na, fangen S' etwa gar mit mir an.

Schalanter. Mit dir? Fallet mir ein! Sein mir uns gleich? Derfst du dir a Antwort gegen mich herausnehmen? Wär' schön! Mit dir hab' ich, Gott sei Dank, noch anz'schaffen! Streiten werd' i mi mit dir! Wer bist denn du gegen meiner, dummer Bub!?

Martin *(fährt empor, mit zornfunkelnden Augen).* Was hab'n S' g'sagt? *(Schiebt den Tisch von sich und tritt auf Schalanter zu.)*

Schalanter *(zurückweichend).* Na, na – i hab' mi halt vergessen – ich weiß schon, daß man das nit zu dir sagen derf.

Martin. So sag'n Sie's a nit, das därf mir niemand sag'n! Das hab' ich schon vor Jahren nit g'litten.

(Es klopft.)

Fünfzehnte Szene

Schalanter, Martin, Josepha, Herwig.

Herwig *(altes, ärmlich gekleidetes Mütterchen, geht mit einem Stock, tritt durch die Mitte ein).* Guten Abend!

Josepha *(von links zurück).*

Schalanter *(beiseite).* Ui, die Schwiegermutter! *(Laut.)* Guten Abend! Sie entschuldigen schon, i muß a bissel Luft schöpfen. *(Geht durch die Mitte ab.)*

Herwig. Lassen S' Ihnen nit abhalten – ich komm' nur wegen die Kinder. *(Geht nach vorne.)* Grüß eng Gott! *(Droht Martin mit dem Finger.)* Di hab' i bis in die Kuchel 'naus schreien g'hört, Gifthahn.

Josepha *(setzt einen Stuhl in die Mitte der Bühne).*

Herwig. Ich dank' dir, Pepi. *(Setzt sich.)* So, da habt's wieder die Alte, und jetzt laßt's mit euch reden. – Wie's noch klan wart's, da bin ich da im Haus g'wesen und hab' euch aufwachsen g'sehn. Wenn fremde Leut' alle Unarten von die Kinder lieb finden, so ist das eine Gustosachen, wenn's aber die eigenen Eltern tun, so is das a Malör. – Es war a Malör. – Man hat von euch so wenig wie von andere Kinder sagen können, daß's ös amal schön und g'scheit werden müßt's, aber ös allzwei seid's aufzog'n word'n, *(deutet auf Josepha)* du als die Schönste *(auf Martin weisend)* und der als der G'scheiteste! So is mit eng a Stolz herangewachsen, der gefährlichste, der, der selber nit weiß, auf was und warum. Ich hab' gnug dageg'n g'redt und hätt' a nit aufg'hört damit, bis's eng amal z'wider word'n wär' und ihr doch darnach tan hätt's, es is aber früher euern Eltern z'wider word'n, und es hat g'heißen: Hört's net auf die Alte! Na, da hat die Alte ihr Sacherl g'nommen und is gangen, reden hätt' s' nix sollen und ruhig zuschaun, das war ihr net gegeb'n. Sie war halt a Großmutter, die Alte. *(Stampft mit dem Stock bekräftigend auf.)* Dann bin ich erst wiederkommen – wie ös schon die Kinderschuh' vertreten g'habt habt's – nachschaun, was aus euch word'n is. I hab' mer gnug g'sehn. Du bist schön word'n, aber noch lang nit die Schönste, und du warst net dumm, aber noch lang nit der G'scheiteste. Dös habt's ös a ganz gut verspürt, aber keins hat sich's eing'stehn wolln. *(Zu Josepha.)* Mit ein ehrlichen G'werbsmann hätt'st di nit verkünden lassen – wohl aber ausrichten mit ein Hausherrnssohn. *(Zu Martin.)* Und du bist gleich blindwütig über jeden herg'falln, der nur mit ein Wörtel den großen Herrn beleidingt hat, der du ganz einwendig vor dir selber warst. Der nämliche Stolz, von dem ich vorhin g'redt hab', hat das eine von euch zum Leichtsinn, das andere zum Jächzorn bracht. Dich, Pepi, hab' ich damals gleich 's erstemal g'warnt: Laß di auf die Landpartien nit ein, bleib brav! Und 'm Martin hab' ich g'sagt: Die Leut' wissen ja weiter nix von dir, als daß du nebenher ein Wirtshausbruder und ein Raufhansl bist, und dadrauf brauchst dir just nit viel einzubilden, überheb dich net! Aber da hat's wieder g'heißen: Hört's nit auf die Alte! – Na und so hab'n wir sich halt in eure Kindertäg'n öfter g'redt, spätere Zeit weniger, und dasmal dürft' wohl 's letztemal sein! I bin kommen, weil ich g'hört hab', daß s' dich zum Militär nehmen und *(zu Josepha)* daß zwischen dir und 'in jungen Stolzenthaler alles vorbei is.

Martin. Also doch amal? – G'schiecht dir recht.

Herwig. Sei nit schadenfroh, Martin. – Ich komm', weil ich's für mein Pflicht halt, ich komm' – und wenn's auch gleich wieder heißt: Hört's nit auf die Alte! – um euch zu sagen: Kinder, es ist jetzt Gelegenheit und die höchste Zeit, daß's g'scheit werdt's! Ös habts mir schon viel Sorg' g'macht und manche schlaflose Nacht kost't, ös wißt ja nit, was der Leichtsinn und der Jähzorn aus ein Menschen machen können! *(Sie erhebt sich.)* Ich bitt' euch mit aufgehobenen Händen, daß i mir noch Guts von euch auf der Welt erhoffen kann, werdt's g'scheit! *(Tritt zu Josepha.)* Schau', Pepi, mein liebs Kind, du bist jetzt wieder freiledig. Du warst jung, so viel jung und unbehüt, – viel schlimmer noch, – ich will's nit bereden, – laß dich jetzt auf kein so zweites Stückl ein, das eine verzeiht man dir, wann's dein einzigs bleibt, nach ein zweiten möcht' man sich schon besinnen, weil man fürcht, das Verzeihen und die Leichtfertigkeit könnten fortdauern, daß kein Herrgott für a End' stünd', und du selber nit. Sei g'scheit, und wie damal sag' ich dir: bleib brav! *(Wendet sich an Martin.)* Und du, Martin, mein liebs Enkelkind, du kommst jetzt unter lauter fremde Leut', zum Militär, und da tragt man zwar Handschuh', aber nur zur Paradi, hab' ich mir sagen lassen, und für g'wöhnlich faßt mer kein mit zarte Händ' an. Denk', wohin dich der Zornteufel bringen könnt', wenn du dich für besser halten möchst als die andern! Du hast's nit Ursach'. Schau', wie dich dein Vater vorhin hat ein dummen Bub'n g'heißen, hast g'schrien, daß man's bis in d' Kuchel 'naus g'hört hat. Meinst wirklich, damit beweist man, daß man a Mann und g'scheit wär', wenn man herumschreit, wie a Wildling!? Drum sei g'scheit, Martin, wie damal sag' ich dir: überheb di nit. *(Alle sind unterdem etwas nach rückwärts gekommen, sie trippelt nach der Tür, wo ein Weihwassergefäß hängt, sie macht Josepha das Zeichen des Kreuzes auf die Stirne.)* So, Pepi! *(Sie geht zu Martin.)* Bei dir reich' ich nit so hoch. *(Sie macht ihm das Kreuzeszeichen auf die Brust.)* So. Und jetzt b'hüt' euch Gott! Seid's g'scheit, Kinder, – seid's g'scheit. *(Ab durch die Mitte.)*

Martin *(langsam vorkommend).* Du, Pepi.

Josepha. Ja.

Martin. Ich weiß nit, ob's gut war, daß die Großmutter von uns Kindern fortkommen is!

Sechzehnte Szene

Martin, Josepha, durch die Mitte treten Schalanter und Barbara ein, welche Weinflaschen und Schüsseln mit Speisen tragen.

Schalanter. Mir sein da! Die Predigt habt's überstanden, jetzt könnt's euch drauf stärken.

Barbara *(ordnet Geschirr und Gläser auf dem Tische).* Ich weiß ja, wie die Mutter is, nach der müßt' das Madl so heilig tun wie a Klosterfrau.

Schalanter *(füllt die Gläser).* Und der Martin wie a Kartauser und Duckmauser. Mein Gott, 's is a alts Weib, das sich in der heutigen Welt gar nimmer auskennt.

Schalanter *und* **Barbara**. Hört's nit auf die Alte!

Martin *und* **Josepha** *(sehen sich an und müssen lachen).*

Schalanter. Us braucht's niemand zu g'fallen, als euern Eltern. Laßt's euch nit irrmachen. *(Zu Martin.)* Du bist allweil wer, a wenn d' nix bist, noch allweil mehr als die andern! *(Auf Josepha.)* Und wenn die will, kann s' heut noch a Volkssängerin werd'n, a Stimm' braucht 's nit, nur um die Text' handelt sich's und um a Erfahrung: daß man s' zur Geltung bringt. – Ang'stoßen, daß mer a Freud' a unsern Kindern erleb'n. *(Singt.)* Hoch solln sie leben, hoch solln sie leben, dreimal hoch! *(Das Orchester nimmt die Melodie auf.)*

Alle *(stimmen ein und stoßen an. Das Glas Martins bricht in Scherben).*

(Der Vorhang fällt rasch.)

(Das Orchester bringt den schrillen Klang des zerspringenden Glases und knüpft daran gleich die Zwischenaktmusik.)

Zweiter Akt

Kurzes Theater. Prospekt: Die Fassade eines Landhauses, Hochparterre. – Ein kleiner Vorgarten, durch ein Gitter abgeschlossen, in dessen Mitte das Tor, vor dem Gitter etwa zwei Kulissen Spielraum – ein Gehweg, der durch Gebüsch führt, und zwar von rechts aus dem Gebüsche, so daß dieses hinter dem Wege, nahe dem Gitter liegt, links sich im

Gesträuche verlierend, so daß dieses im Vordergrund sich befindet und den Pfad deckt.

Erste Szene

Schön, Anna und Eduard kommen von rechts.

Anna. Das muß die Stolzenthalerische Villa sein!

Schön. Ja, der Beschreibung nach, denk' ich schon selber.

Anna. Wie schön 's da is! Na, da hat er halt doch recht g'habt, unser hochwürdiger Herr Sohn.

Schön *(brummend)*. Unser hochwürdiger Herr Sohn. Unser Bub is, unser Eduard.

Anna. Das sind keine Ausdrück', einem hochwürdigen Herrn gegenüber. *(Zu Eduard.)* Das mußt du dein'm Vater untersagen.

Schön. Untersag'n? Das tät' i mir ausbitten. Möcht' wissen, ob er das amal von seine Kinder leidt? Ja so, nun, nix für ungut, Eduard.

Anna. Aber ich leid' es einmal nit, schon der Leut' weg'n.

Schön. Wo sein denn da ein?

Eduard. Aber, herzliche Eltern, wie mögt ihr euch um so was streiten!? Der einzige Grund, der mich's bereuen ließe, daß ich diesen Stand gewählt, wäre ja der, wenn ihr über das Kleid euer Kind vergessen könntet.

Schön. Ah, das is a Red'! Da hörst es.

Anna. Weil er zu nachsichtig is.

Schön *(auflachend).* Hahaha!

Eduard *(ebenfalls lachend).* Aber, Mutter!

Anna *(beleidigt).* Na ja, – na, – das hat man davon, wann man sich für deine Ehr' annimmt. – Ich bitt', nimmt das G'lachter nit bald ein End'?

Schön *(zu Eduard).* Da muß man schon nachgeb'n, es geht nit anders. *(Zu Anna.)* Also, worin hat er denn recht g'habt, unser hochwürdiger Herr Sohn?

Anna. Siegst es, wie schön sich das macht, wann du so sagst?! – Unser hochwürdiger Herr Sohn hat recht g'habt, daß er der Frau Stolzenthaler – wie s' noch a Fräuln war, – g'sagt hat, sie soll gehorchen und ihr Glück Gott anheimstellen, – ja. Nit von dö Stadthäuser und dem wunderlichen Landgut red' i, – aber jetzt, wo das Kinderl auf der Welt is, wird sie schon selber einseg'n, daß auch das Glück da is!

Schön. Wir wollen's hoffen.

Anna. Schaun wir jetzt a bisserl hinein. *(Geht an das Tor, zieht an der Klingelschnur; eine helltönende Hausglocke läutet.)* Hörst, das ist ein anderer Ton als von unserer Hausglocke; die hört ma schon schwer vor lauter Alter.

Schön. Ja freilich hörn mer s' schon schwer vor lauter Alter, aber dran is die Glocken nit schuld, hehe!

Zweite Szene

Vorige, Beller.

Beller *(erscheint hinter dem Gitter; er trägt einen Rechen über der Schulter)*. No?!

Anna. Sein S' so gut –

Beller. Is eh offen!

Anna. Das is doch die Stolzenthalerische Villa?

Beller. Ja!

Anna. Is die gnädige Frau z' Haus?

Beller. Na!

Anna. Vielleicht der gnä' Herr?

Beller. Na!

Anna. Wer denn nachher?

Beller. I!

Anna. Dann sein S' so gut und richten S' ein Empfehlung von uns aus; sag'n S' nur, von die alten Schönischen, und es is uns auch auftrag'n word'n, ein Besuch von der gnädigen Frau ihren Herrn Eltern anz'sagen, sie kommen heut heraus. Verstehen S'?

Beller. Ja!

Anna. Net vergessen!

Beller. Na!

Anna. Ein Empfehlung von uns, und die Herrn Eltern kommen heut –

Beller. Wollen S' no was?

Anna. Nein!

Beller. Adjes! *(Verschwindet hinter dem Gitter.)*

Dritte Szene

Vorige ohne Beller, hierauf von rechts Schalanter und Martin (letzterer in Infanterieuniform).

Schön. Schad, daß er schon gangen is, er redt zwar nit viel, aber recht a freundlicher Mensch!

Anna. Na, da gehn mer auch. Tut mir leid. Das Kinderl hätt' ich so viel gern g'sehn.

Schalanter. 'schamer Diener!

Martin *(bietet Eduard die Hand).* Ah, grüß' di Gott, Eduard!

Eduard. Grüß' Gott, Martin!

Martin. Na, wie geht's dir denn in dem G'wand?

Eduard. Ich bin zufrieden.

Martin. No is recht, ich könnt' das von meiner Kluft net sagen. Na, es g'freut mi, daß i di doch amal troffen hab' und daß du net z' stolz bist, mir d'Hand zu geben. Ausg'wichen bist mer eh, wo du können hast. Is nit schön, grad auf di hab' i 's meiste g'halten von meine Schulkameraden. Hast mer wehtan damit.

Eduard. Martin, es ist schwer mit dir umzugehen, besonders wenn du meinen Stand bedenkst.

Martin. Na ja, dafür, daß i nix bin, bin i dir halt z' laut, gelt? Du hast g'studiert und gute Zeugniss', aber, mein Lieber, wenn man a nit g'studiert is und keine Zeugniss' aufzuweisen hat, so bleibt ma doch a Mensch! Manchem taugt halt das Büffeln und scheuche Wesen net, daß mer aber a ohne Studieren und ohne Zeugniss' wer sein kann, das werd' i no beweisen.

Eduard. Martin, was stellst du dir denn eigentlich unter einem solchen Beweis vor?

Martin. Ah, das ist gut, das fragst mi jetzt? Da wird sich schon a Gelegenheit schicken, das muß von selber kommen.

Eduard. Ich wünschte nur, es käme bald.

Anna. Aber gehn wir, Kinder, gehn wir!

Schalanter. Na, na, is's denn gar so eilig? Warten S' noch a wengerl, so kommt mein Weib nach und unser Madl, dö sich fürn heutigen Tag frei g'macht hat, vielleicht bringen s' no a paar lustige Geister mit, und dann könnten wir miteinander...

Anna. Wir danken recht schön, aber wir können nit bleiben, wir müssen gehn.

Schalanter. Bitt', wie's gefällig is. Ergebener Diener! Küss' die Hand, Hochwürden!

Schön. B'hüt Gott!

Martin. Servus, Eduard!

Eduard. Leb' wohl!

(Schön, Anna und Eduard links ab.)

Vierte Szene

Schalanter und Martin.

Schalanter. Seit der Hausmeisterbub in der Kutten steckt, wissen sich die Alten vor Stolz gar nimmer aus! Hast schon recht g'habt, daß d' ihm das g'sagt hast vom Studiern und von die Zeugniss'.

Martin. Aber Vater, jetzt lassen S' mit Ihnen reden. Aus dem, was S' im Hergehn g'sagt hab'n, bin ich mir nit g'scheit word'n. Was is eigentlich mit Ihnern G'schäft?

Schalanter. No nix is's. Aufgeb'n hab' ich's. Seit 'n letzten Zins is's G'wölb' g'sperrt. Erst is mer der Lehrbub von seine Eltern wegg'holt word'n, – die dummen Leut' hab'n g'sagt, er lernet bei mir nix. So gut trifft er's gar nirgends mehr! Wer weiß, wo er sich jetzt überarbeiten muß! Na, und dann hab'n mer den G'selln weggeb'n.

Martin. 'n Johann?

Schalanter. Ja, und weil uns keiner mehr hat einstehn wolln, so hat sich die G'schicht von selber aufg'hört.

Martin. Aber warum hab'n S' denn 'n Johann weggeb'n, der für alle Arbeit alleinig aufkommen is?

Schalanter. Na ja, das hab' ich selber allweil g'sagt, daß er arbeit't wie a Vieh, aber auf einmal – bald darnach, wie die Pepi und der Stolzenthaler auseinander waren – fangt er an, gleich um die Hälfte weniger zu arbeiten; no, i hab' da kein Arg g'habt, und von mir aus hätt' er's a mit der Hälfte richten können, aber dein Mutter hat mir gleich in derer Sach' a Licht aufgesteckt. Der Mensch wär' dir in das Madel ganz verschameriert g'wesen, und dö hätt' a schon ang'fangt, sentimentalisch z' werd'n. D'Mutter hat die Pepi gleich z'sammpackt und in eine lustige G'sellschaft bracht, und i hab' 'n Herrn Johann expediert.

Martin. So? Und von was lebt's denn ös jetzt?

Schalanter. Na weißt, wie der Michel und der Johann amal fort waren, da hab'n wir auch den Dienstboten weggeb'n, es sein da a Menge Nester leer g'standen, auf die haben wir Bettgeher aufgenommen, mitunter findt sich doch so a Kleinigkeit zum Drechseln, da stell' ich mich halt dazu, und fürs andre muß die Alte sorg'n.

Martin. Die Mutter? Ja, woher nimmt's denn die?

Schalanter. Was weiß ich? 's Madel hat, glaub' ich, so ein guten Verdienst.

Martin. Was denn für ein?

Schalanter. Wie i hör', in ein Kaffeeschank.

Martin. In ein Kaffeeschank? Na, auf dös Madl dürft's eng net viel einbilden, die macht euch kein Ehr'!

Schalanter *(eifrig)*. Ja, mein lieber Martin, mit den nämlichen Worten hab' ich das schon mein Weib g'sagt.

Martin *(hat nach rechts gesehen)*. Sö, Vater, da kommt einer, dem ich net gern begegnen möcht'.

Schalanter. Der Soldat?

Martin. Ja – und allweil mit 'n Büchel in der Hand, der Fadian. Mein Feldwebel is's, über den ich euch schon oft klagt hab' wegen seiner Sekatur beim Exerzieren und seine Rapport', dö mir ein Straf' um die andere einbracht und mein ganze Konduit' verschandelt haben. Gehn wir auf d' Seit', bis er sich wieder verloren hat. Tät' mir leid, wenn ich vor dem Kerl die Hand zum Gruß heben müßt'.

Schalanter. Wird a noch a Zeit kommen, wo er's gegen dich wohlfeiler gibt. Wird schon noch werd'n. *(Beide sind unterdem hinter das Gebüsch rechts getreten.)*

Fünfte Szene

A tempo treten auf von links Hedwig, hinter ihr Resi, mit einem Kinde im Deckchen auf dem Arme, – von rechts Frey, in die Lektüre eines Buches vertieft; er trägt eine gleiche Uniform wie Martin, aber mit den Distinktionszeichen eines Feldwebels. (Gerade wie Hedwig am Gittertore anlangt, tritt Frey vor dasselbe.)

Frey *(nur halb aufblickend, bemerkt, daß er einer Dame den Weg verstelle.)* Entschuldigen! *(Tritt zurück.)* Bitte!

Hedwig. Herr Frey!

Frey *(läßt die Hand mit dem Buche sinken)*. O, Sie sind's, gnädige Frau?

Hedwig. Wollten Sie zu uns?

Frey *(kopfschüttelnd)*. Man sucht nicht, was man zu meiden hat.

Hedwig. Es wird ein Jahr her sein, seit wir uns nicht gesehen. Wie geht es Ihnen?

Frey. Danke, leidlich.

Hedwig. Leidlich. *(Kleine Pause.)* Sie fragen nicht, wie es mir ergeht?

Frey *(sie anblickend)*. Nein!

Hedwig. Sie haben recht. Ich bin ja die reichste Frau vom Grund! Wie kann ich mich anders fühlen als glücklich? Ich bin auch Mutter geworden. Resi, komm her! *(Das Dienstmädchen tritt heran. Hedwig schlägt den Schleier des Kindes zurück.)*

Frey. Es ist ein sehr – sehr zartes Kind und etwas – bleich.

Hedwig *(den Schleier wieder überbreitend, herb).* Krank! *(Zu Resi, indem sie ihr das Gittertor öffnet.)* Trag' es ins Haus und lege es in die Wiege.

Resi *(mit dem Kinde durch das Gittertor ab).*

Hedwig. Sie haben es gesehen, das kleine, arme Ding! Man sagte mir, sein Vater habe zu viel gelebt, als daß für das Kind etwas überbliebe; es wird hinsiechen, wochen-, vielleicht monatelang, aber es wird nicht fortkommen. *(Sie drückt ihr Taschentuch an die Augen.)* O, Sie sehen, ich bin recht glücklich! – – Ihnen muß es zur Genugtuung gereichen, daß Sie mich in solcher Lage finden.

Frey *(schmerzlich).* O gnädige Frau.

Hedwig. Sie haben es mir ja vorher gesagt.

Frey. Lassen Sie das Vergangene vergangen sein.

Hedwig. Ich will's, ich will sogar das letzte weggeben, das mich daran erinnern kann, Ihre Briefe.

Frey *(erschreckt).* Sie haben sie noch?

Hedwig. Ich hatte nicht das Herz, sie zu vernichten.

Frey. Und ich habe Sie doch gebeten, gnädige Frau. Ich machte noch aufmerksam – –

Hedwig. Ich weiß, aber es geschah mir immer leid darum. Es ist mir lieb, daß ich Sie so zufällig treffe, wollen Sie diese Briefe zu sich nehmen und zu denen von meiner Hand legen?

Frey. Wenn Sie es wünschen. Aber wie wollen Sie mir dieselben zukommen lassen?

Hedwig *(deutet nach links).* Wenn Sie diesen Weg verfolgen, so finden Sie ziemlich außerhalb des Ortes, schon anfangs der Au, ein kleines Gasthaus. Die Tische stehen im Freien, und wenn Sie sich dort aufhalten wollen, so suche ich Gelegenheit, gegen Abend vorüberzugehen und Ihnen das Päckchen unauffällig einzuhändigen.

Frey. Ich werde dort sein.

(Beide wenden sich zum Gehen.)

Hedwig. Gewiß?

Frey. Gewiß!

(Hedwig bleibt in der Gartentüre stehen, Frey an der Kulisse links, um einander nachzusehen, dabei begegnen sich ihre Blicke, sie stehen einen Augenblick in gegenseitiges Anschauen versunken, dann zieht Hedwig leise das Gitter hinter sich zu, und Frey entfernt sich; sobald beide nicht mehr sichtbar sind, treten Schalanter und Martin aus dem Busch.)

Sechste Szene

Schalanter und Martin.

Schalanter *(pfiffig).* Martin!

Martin. Was?

Schalanter. Hast aufpaßt?

Martin. Na ja.

Schalanter. Schau' amal so was! Is die Frau von Stolzenthaler gar a ehmalige Flamme vom Herrn Feldwebel, und bei all zwei, scheint mir, glost's noch a bissel. No, is mir lieb, daß ich das weiß!

Martin. Dös kann ein'm doch ganz gleich sein.

Schalanter. Dös verstehst du nit, mein Lieber. Da laßt sich a Brandl schürn. Ich bleib' jetzt da, bis ich 'n Stolzenthaler zu G'sicht krieg'.

Martin. Ös werdt's ihm doch nit sagen wollen?

Schalanter. Natürlich.

Martin. Weg'n 'm Feldwebel is mir g'wiß net, aber warum soll man gegen die Frau so sein?

Schalanter. I bitt' di gar schön, sorg' dich um die nit, die wird sich akrat wie die andern Weiber z' helfen wissen! Lüg'n und – wo das nimmer hilft – weinen, das trifft s' wohl auch! D'Hauptsach' is, daß's für uns a Geld und a Hetz' gibt. Der Stolzenthaler laßt g'wiß was aus, ob dafür, daß mer g'redt hat, oder daß ma nix weitersag'n soll, das is egal! Den Herrn Feldwebel aber den lassen wir sitzen und warten, solang uns g'fällig is, dann schaun wir uns ihn an, jag'n ihm erst durch a paar Wörteln ein heilsamen Schrocken ein, und wenn wir so mitten im g'mütlichen Dischkurs drin sein, dann wolln mer a frag'n, was er eigentlich gegen dich hat.

Martin. Auf dös wär' ich selber neugierig.

Siebente Szene

Vorige. Stolzenthaler und Höller von rechts.

Höller *(kleines, trotz großer Beleibtheit sehr bewegliches Männchen. Er spricht nicht, sondern schreit, obwohl es ihm wegen Atemnot Beschwer macht. Man hört ihn schon hinter der Szene).* Alsdann heim auf a paar Stund' – als solider Familienvater – haha – natürlich aber dann treff mer sich wieder unten in dem Landkaffeehaus – in dem Schandkaffeehaus – wo s' a Nudelbrett für a Billard ausgeb'n! Haha!

Stolzenthaler. Ich werd' schon kommen.

Höller. 's halt dich eh nit lang z' Haus, haha – kommt dir eh schwer gnug an – 'n g'setzten Ehegatten z' spieln. Haha!

Stolzenthaler. Na ja, mer is halt nimmer frei, und dö Meinige, obwohl s' um ein Kopf kleiner is, will mir doch immer über d'Achsel schaun.

Höller. So duck s' halt abi zu derer Bas' – wo s' d' rechte Höchen für dich hat. Haha.

Stolzenthaler. Wär' schon recht. Aber pack' an, wann d' di nit traust! Was wahr is, muß mer sag'n, das Weib hat amal so was Nobles in ihr; taugt mir zwar gar nicht, aber was will ma machen? Na, jetzt schau' i 'nein. Servus!

Höller. Servus! *(Schießt ab, noch hinter der Szene.)* Alsdann im Kaffeehaus! Net vergessen!

Schalanter *(hat Stolzenthaler den Weg vertreten, zieht den Hut).* Ich küss' d'Hand, Herr von Stolzenthaler!

Stolzenthaler. Ah, der Schalanter! Und is dös net der Martin?

Martin *(salutiert).* Ergebner Diener.

Stolzenthaler. A schon a paar Schlachten auf der Schmelz g'wonnen, was? *(Zu Schalanter.)* Sö hab'n ausdraxelt, wie i hör'?

Schalanter. Mein Gott, a bissel a Arbeit reicht nit hin, und viel is net da. Mir klein G'werbsleut' sein eh aufs Betteln angewiesen, is gescheiter, man entschließt sich gleich dazu.

Stolzenthaler. Freili, wann eng wer was gibt. – Was macht denn die Pepi?

Schalanter. Was soll s' denn machen, das arme Madl? Ah, es ist trauri, wenn man sieht, wie's in der Welt zugeht. *(Vertraulich näherrückend.)* Herr von Stolzenthaler, der waren S' ihr erster, und es kommt auch keiner, über den s' Ihnen vergessen wird.

Stolzenthaler. Dös glaub' ich schon.

Schalanter. Der hab'n S' alles golten und gelten alles, das is aber leider nit bei alle der Fall, mit denen Sie umgangen sein und noch umgehen, Herr von Stolzenthaler! – Alle Achtung vor Ihnerer Frau Gemahlin...

Stolzenthaler *(drohend).* Sö! Setzen S' a bissel aus, über mein Weib wird nix g'redt.

Martin *(halblaut zu Schalanter).* Müssen S' denn glei mit der Tür ins Haus fallen?

Schalanter *(ebenso).* Wir hab'n kein Zeit, lang herumz'schneiden.

Stolzenthaler. Ich bitt' mer's aus, weil amal so a dalkete Red' ang'hob'n hat, was is's mit meiner Frau?

Schalanter. No, keine fünf Minuten is's her, da hat s' da an der Gartentür mit ein saubern Feldwebel g'redt. Wir kennen ihn, es is mein Sohn sein Feldwebel.

Martin. Robert Frey heißt er.

Stolzenthaler. Mit ein Feldwebel? Wann's noch a Generalstäbler g'wesen wär'!

Schalanter. Aber aus denen Reden is hervorgangen, daß sie sich schon von früher her kennen.

Stolzenthaler. Daß einer a Frauenzimmer anschmacht, das kann man kein'm verbieten, aber dann bin i kommen, und wie i kommen bin, war i da!

Schalanter. Heut gegen Abend sollten S' die Gnädige doch nit ausgehn lassen.

Stolzenthaler. Warum?

Schalanter *(deutet nach links).* Es soll da a Wirtshaus in der Au lieg'n, da will s' mit ihm z'sammkommen.

Stolzenthaler. Das is a Lug', und a breitmächtige no dazu, dafür kenn' ich mein Weib z' gut.

Schalanter. Ich sag' ja nit, daß s' was Unehrenhafts vor hat! Brief' hab'n sich halt die zwa amal g'schrieb'n, und da will s' ihm die sein'n heimlich z'ruckgeb'n.

Stolzenthaler *(für sich).* Brief' – ?? Und dö wär'n nit gleich verbrennt word'n, wie ich nur ein Fuß in ihr Haus g'setzt hab'? Dö hätt' sie noch in Händen? *(Plötzlich sich gegen Schalanter wendend.)* Wann Sie in derer Sach' so a ehrlichs G'wissen hab'n, daß Sie sich morgen früh noch zu mir traun, so können S' kommen. Verstanden? Der Stolzenthaler verlangt gar nix umsonst, er zahlt a fürn Beweis, daß er nit recht g'scheit war. – B'hüt' Gott! jetzt wolln mer der Gnädigen zeigen, daß wir doch nit so dumm sein! *(Ab durch das Gittertor.)*

Schalanter *(ihm nachrufend).* Ich küss' d'Hand, Euer Gnaden! Morgen fruh wer i so frei sein! *(Kommt vor.)* Na, was hab' i g'sagt? *(Deutet aufs Landhaus.)* Heut mag's dir da drin a bissel lustig werd'n!

(Hinter der Szene wird auf einer Ziehharmonika mit Gitarrebegleitung ein Marsch gespielt.)

Schalanter. Hallo, das sein die Unsrigen!

Achte Szene

Schalanter, Martin. Es treten auf von rechts, allen voran Stötzl, der die Ziehharmonika spielt, hinter ihm Katscher – beide halbreife Bürschchen –, letzterer führt Josepha am Arme, zuletzt Barbara an der Seite Sedlbergers, eines verlebten jungen Menschen, der eine Gitarre an einem breiten Bande umhängen hat. – Die Musik verstummt nach ihrem Auftreten.

Barbara. Na, da treff'n mer s' endli. Is das a Weg bis da herauf!

Stötzl *und* **Katscher**. Ergebner Diener, Herr von Schalanter!

Schalanter. Guten Tag.

Sedlberger *(hat nur stumm. gegrüßt).*

Josepha *(tritt zu Martin).* Grüß' dich Gott, Martin!

Stötzl *(indem er Katscher die Harmonika aufdrängen will).* Hernach spiel du, i will amal d'Fräuln Pepi am Arm führn.

Katscher. Fallt mer ein. Wirst ja zahlt.

Josepha *(auf Martins Uniformkragen zeigend).* Na, no nix da? Ka Sterndl?

Martin. Laß's gut sein, i bring's im Awanschman doch nie so weit wie du in der Degradation!

Schalanter. Na, na, nur nit streiten. Kinder, nur kein Streit heut. *(Zu Barbara.)* Waberl, just hab' i a G'schäft g'macht. 'n Stolzenthaler hab' ich ein Floh ins Ohr g'setzt, schon a ganz's Flöhtheater; morgen hol' i mir 's Geld für dö Produktion – und heut abend hab'n wir wo ein einsamen Spatzen sitzen, mit dem's a Hetz gibt. 's Volk lebt! Vorwärts, daß wir kein Zeit verliern! Hollo!

(Der Marsch wird wieder gespielt, und indem sich alle zum Abgehen in Bewegung setzen, fällt der Zwischenvorhang.)

Verwandlung

Ein Eckzimmer im Stolzenthalerschen Landhause. In der Wand rückwärts zwei Fenster, ebenso in der linksseitigen; die rechtsseitige hat zwei Türen. Zwischen den Fenstern an der linken Seite hängt ein Spiegel über einem Trumeaukasten. Vorne in der Ecke links steht eine Wiege und Mitte der Bühne – jedoch mit Spielraum davor – ein Tisch, auf diesem liegen etliche Zeitungen und daneben ein aufgeklapptes Taschenmesser.

Neunte Szene

Stolzenthaler und Hedwig.

Stolzenthaler *(sitzt, eine Zeitung in der Hand haltend, knapp vor dem Trumeaukasten).* Also deine Eltern kommen heut?

Hedwig. Die alte Schön hat die Post dagelassen.

Stolzenthaler. Na, is recht.

Hedwig *(sieht auf ihre Taschenuhr).* Du gehst sonst um diese Zeit ins Kaffeehaus.

Stolzenthaler. Ja, aber wenn ich einmal wegbleib', versäum' ich auch nix.

Hedwig. Warum liest du die Zeitungen nicht auf deinem Zimmer?

Stolzenthaler. Ich seh' da akrat so gut, warum soll i s' denn auf mein Zimmer lesen?

Hedwig. Ich bin's nicht gewöhnt, daß du mir da im Wege herumsitz'st.

Stolzenthaler. Das ist gut, bin i außerm Haus, so heißt's, i wär' kein guter Familienvater; bleib i aber amal daheim bei meiner Familie, so is's a wieder nit recht.

Hedwig. Dagegen habe ich ja nichts. Aber mußt du gerade vor dem Spiegel sitzen?

Stolzenthaler. I genier' dich doch nit, und wozu brauchst du 'n Spiegel? Bist ja eh schön.

Hedwig. Sehr galant. Aber ich möcht' mich ein wenig zurechtmachen.

Stolzenthaler. Gehst du aus?

Hedwig. Ja!

Stolzenthaler. So? Wohin denn?

Hedwig. Ich werde meinen Eltern eine Strecke entgegengehen, und dann fahre ich mit ihnen im Wagen zurück.

Stolzenthaler. Bist a gute Tochter.

Hedwig *(ist ganz nahe an den Spiegel getreten, um Stolzenthaler zu verdrängen).* Meinst du nicht, daß zu dieser Frisur eine lebende Rose gut stünde?

Stolzenthaler. Freilich.

Hedwig. Du könntest dich nützlich machen und mir eine aus dem Garten holen.

Stolzenthaler. Da bringt dir wohl der Gärtner a schönere, als ich zu finden wüßt'.

Hedwig *(beißt sich in die Lippen und tritt zurück).* Du bist sehr bequem.

Stolzenthaler *(für sich).* Da is schad, mi bringst net weg.

Hedwig. Laß mich wenigstens meinen Hut nehmen.

Stolzenthaler *(öffnet den Schrank).* O bitte, den kann ich dir auch herausreichen.

Hedwig. Zerknittere ihn nicht.

Stolzenthaler *(gibt ihr den Hut).* Da, ist gar nix daran geschehn.

Hedwig. Danke!

Stolzenthaler *(als ob er sich anschickte, den Kasten wieder zu schließen).* Was hast du denn da für eine Schatulln, Hedwig?

Hedwig. Du kennst sie ja, – mein Schmuckkästchen.

Stolzenthaler *(nimmt es heraus).* Richtig, die Schmuckschatulln. Ja so, du willst 'n Hut aufsetzen? *(Steht auf und geht mit dem Kästchen nach dem Tische, wiegt es in den Händen.)* Na, da drin hast schon hübsch was beisamm. Darf man nit h'neinschaun?

Hedwig *(stellt sich unbefangen, folgt aber ängstlich allen seinen Bewegungen).* Der Schlüssel wird ja stecken.

Stolzenthaler. Nein!

Hedwig. Dann weiß ich nicht, wo er ist, und nehme mir jetzt auch keine Zeit, ihn zu suchen.

Stolzenthaler *(steht an der rechten Seite des Tisches, hält das Kästchen in der linken Hand und nimmt mit der rechten das Messer von der Platte).* Ich bring's auch ohne Schlüssel auf!

Hedwig *(stürzt hinzu und faßt das Kästchen mit beiden Händen an).* Aufbrechen lass' ich's nicht!

Stolzenthaler *(sieht sie groß an).* Na, na, du stürzt ja her wie eine Löwin, der man ihr Jungs raubt. Man könnt' meinen, weiß Gott, was da drin is.

Hedwig *(läßt die Hände sinken).* Es ist mein Eigentum, ich lasse es mir nicht ruinieren.

Stolzenthaler. Bagatell, wegen dem Schlösserl. *(Hat sich rasch zur Seite gewendet und das Kästchen aufgebrochen.)* Offen is's! *(Stellt es auf den Tisch und nimmt einzelne Schmuckgegenstände heraus, die er auf die Platte streut.)* Na also, die Herrlichkeiten!

Hedwig *(greift ebenfalls hinein und nimmt mit zitternden Händen einiges, wie spielend, heraus).* Deinen Zerstörungstrieb hast du befriedigt, und wenn deine Neugierde gestillt sein wird, so sei so gut und verlaß mich, geärgert hast du mich ja genug.

Stolzenthaler. Gleich sein mer am Grund! *(Er stürzt das Kästchen um und schüttelt es zwischen beiden Händen, triumphierend.)* Haha, da is ja noch was drin, in ein'm geheimen Fachel!

Hedwig *(entsetzt, beide Hände vor die Stirne schlagend).* August!

Stolzenthaler *(zerschmettert die Schatulle an der Tischkante).*

Hedwig *(sinkt in einen Stuhl, links, nahe der Wiege).* Das ist eine Gemeinheit!

Stolzenthaler *(hat aus den Trümmern ein Päckchen Briefe aufgelesen, dieselben emporhaltend).* Ist das auch ein Schmuckgegenstand? *(Kleine Pause, schreiend.)* Ist das auch ein Schmuckgegenstand? Ich bitt' mir eine Antwort aus!

Hedwig. Schreie nicht wie verrückt. Wecke das Kind nicht auf. Mäßige dich.

Stolzenthaler. I bitt', schaffen S' nur an! Lispeln und säuseln werd' ich, wenn mir zum „Aus-der-Haut-fahren“ is! – Ist das wahr, daß Sie einen Feldwebel in Ihr Herz geschlossen g'habt haben, der Robert Frey heißt und dem Sie heut heimlich diese Briefe haben z'ruckstellen wolln? Ist das wahr?

Hedwig. Wenn Sie es ohnehin wissen, was fragen Sie?

Stolzenthaler. Trutzen a noch, statt auf die Knie fallen und um Verzeihung bitten?!

Hedwig. Sie haben mir nichts zu verzeihen!

Stolzenthaler. Nix? *(Schleudert die Briefe auf den Tisch.)* Das da hab' i zu verzeihen! Wissen Sie, Mardam – das da! – Als aufgeklärter Mensch find' ich nix daran, daß mer Sie schön g'funden hat, auch in dem Briefwechsel find' ich nix, denn bei dö meisten Madln hat in g'wissen Jahrn a Süßholzraspler ein Anwert, bis ihnen die Augen aufgehen, wann a Mann kommt, was a Mann is, und der war do i, der Stolzenthaler, – oder ich bin's net g'wesen! Denn in solchenen Fällen fliegen so unnötige Papierln stantepede in' Ofen, nit, daß man sie aufbehalt, noch viel weniger, daß mer s' nach Jahr und Tag dem Schreiber heimlich z'ruckgibt, daß der Mosjö sich einbilden kann und mer selber auf den Glauben kommt, daß mer noch auf ihn denkt, denn wann noch auf ihn denkt wird, dann bin ich's net g'wesen, dann hat den Stolzenthaler – der für sich d'Beste noch z' schlecht halt – a Schlechte zum besten g'halten! Verstanden, Mardam? Dann haben Sö den armen Teufel nur laufen lassen, weil er ein armer Teufel is, und den Stolzenthaler nur g'nommen, weil er a Geld hat, und das is eine größere Gemeinheit, eine zehnmal größere Gemeinheit, als Sö mir an den Kopf werfen können!

Hedwig *(kalt).* Lassen Sie sich scheiden.

Stolzenthaler. O nein, wir bleiben beisamm, jetzt fangt erst unser Z'sammsein recht an. Ich werd' Sie koramisieren, daß Ihnen alle Freud' darüber vergeht und daß Sie's g'wiß hundertmal im Tag bereuen, daß Sie sich zur Frau von Stolzenthaler hinaufgeschwindelt haben!

Hedwig *(fährt vom Sitze empor und auf Stolzenthaler zu).* Wieder?! Sie sagen es noch einmal, ich hätte nach Ihnen verlangt?! – Ah, mein Gott – und wenn Sie sich an mir vergreifen, ich werfen Ihnen die Wahrheit ins Gesicht! – Nicht *mein* Wille war es, der mich in dieses Haus brachte, denn zu erfahren, was ich hier erfahren mußte, dazu drängt sich kein Weib, das auf sich hält. Sie haben mir meine bescheidene Bildung zu verleiden gesucht. Musik, Lesen, all das schalten Sie langweilig, fade, unnütz. – Sie verlachten mich, wenn mich das Elend anderer rührte; Sie höhnten, weil ich nicht den Ton Ihrer Gesellschaften nachahmen wollte; Sie taten alles, um mir so widerwärtig zu bleiben, wie Sie es mir vom Anfange an waren, als man mich gezwungen, Sie zu nehmen – hören Sie? Gezwungen!

Stolzenthaler. Gezwungen? Haha! So red'n mer halt jetzt. Gezwungen, den Stolzenthaler z' nehmen?! Daß ich net lach'!

Hedwig. Auf was pochen Sie nur? Was wollen – was können Sie einem Weibe sein? Sie, der Sie geschaffen sind, jedes elend zu machen! Selbst wenn Sie sich eines vom Schmutze der Straße auflesen, kann es Ihnen nicht dankbar sein. *(Sie faßt ihn an der Hand und wendet ihn einen Schritt gegen die Wiege.)* An der Wiege des Kindes, – das dort hinsiecht und vergeht, statt zu gedeihen – sage ich Ihnen, so läßt sich kein Weib um sein Mutterglück betrügen! Das trägt keine, die ärmste, die elendeste nicht, nicht um alles Geld!

Stolzenthaler *(herrisch).* Nix mehr über den Punkt. *(Kleine Pause, dann gedruckt).* Wenn deine Eltern kommen, reden wir weiter, jetzt führt's zu nix. Ich geh' 'nunter ans Tor und erwart' s'. Die Brief' steck' ich zu mir. *(Steckt dieselben in die Brusttasche, geht an die Türe rechts, zunächst der Rampe.)* Überleg dir's, was du vor deine Leut' sagen willst. *(Ab.)*

Zehnte Szene

Hedwig, dann Resi.

Hedwig. Die Wahrheit – vor ihnen, wie vor dir! Ah, daß ich's endlich von der Seele habe! – Nun ist's vorbei, er kann mich nimmer halten wollen, und sie können mich nach dem Vorgefallenen nicht mehr in seinen Händen lassen, – ich bin frei und nichts hält mich mehr da, wo mich nichts bindet. *(Sie blickt nach der Wiege, tritt hinzu und kniet an derselben nieder.)* O, daß du leben bliebest, – wie andere rosig und lächelnd, – zänkisch und greinend, – wie andere so unausstehlich lieb! Ah, armes Ding, mir läuft ein Schauer über den Rücken bei dem Gedanken, daß ich dich geboren habe. Etwas, nur bestimmt, zu liegen die Tage und Nächte, zu leiden, zu wimmern und zu sterben, ohne gelebt zu haben! *(Erhebt sich rasch.)* Wenn sie sich aber auf dich berufen, um mich hier festzubannen –? Ich leugne, daß du sein Kind bist, ich leugne es! Und sie werden mir so kommen, sie werden mich zu bereden suchen, sie werden gegen mich sein, alle! Soll ich sie erwarten? Noch einmal das Opfer eines Versuches werden? Man kann Haß versöhnen, Unrecht vergessen, Sünde verzeihen, aber der Verachtung kann man nicht abhelfen! Das kann man nicht! – Ich muß fort – rasch entschlossen – solang ich noch den Freund in der Nähe habe und ihn zu finden weiß! *(Sie drückt auf die Glocke, die auf dem Tische steht.)* Ich will zu ihm – Robert soll mir raten. Welchen Weg er weist, diesmal folg' ich ihm unbedingt auf jedem!

Resi *(aus der zweiten Tür im Hintergrunde).* Befehlen, gnä' Frau?

Hedwig. Bleib im nächsten Zimmer, und wenn das Kleine sich rührt, so sieh nach. Geh!

Resi *(ab, wo sie gekommen).*

Hedwig *(hat rechts vom Tische gestanden, tritt nun zur Türe, durch welche Stolzenthaler abgegangen, und schiebt den Riegel vor. Sie geht hinüber zur Wiege.)* Sei gut, wo ich auch sein werde, ich lasse dich bald zu mir holen. Mein armes Flämmchen, du sollst bei mir verlöschen. *(Sie schrickt empor, deckt den Schleier über das Kind.)* Ein Wagen! – Sie kommen! – Hinweg! *(Sie eilt an das Fenster, das im Hintergrunde rechts offen steht, und schwingt sich aus demselben, dabei entfällt ihr das Taschentuch, – kleine Pause.)*

Elfte Szene

Resi, Stolzenthaler, Hutterer und Sidonie.

Stolzenthaler *(von außen, anpochend).* Hedwig! – Mach' auf! Wir sind's! *(Trommelt an der Türe.)* Aufmachen, sag' ich!

Resi *(stürzt aus der rückwärtigen Türe).* Jesses, der gnä' Herr is h'nausg'sperrt! *(Sie öffnet.)*

Stolzenthaler. Wo ist die Frau?

Resi. Grad war d'Gnädige noch da.

Stolzenthaler *(erblickt das Taschentuch am Fenster, stürzt hinzu).* Ah!!

Sidonie. Was bedeut denn das?

Stolzenthaler. Das bedeut, daß mir mein Weib durchgangen is. Aber – *(Will fort.)*

Hutterer *(hält ihn zurück).* Warten S' a bissel. *(Zu Resi.)* Net herumstehn, marsch, aufs Dienstbotenzimmer!

Resi *(ab).*

Hutterer. Jetzt, Herr Schwiegersohn, können wir reden. Was da a vorg'falln is, nehmen S' mein Wort, daß mein Kind zu seiner Pflicht z'rückkehrn wird; aber kein Aufsegn, kein Skandal, das bitt' i mir aus!

Stolzenthaler. Ah, Herr von Hutterer, Sie wissen Ihnen ja g'waltig in Respekt z' setzen, da könnt' ja am End' a wahr sein, was Ihre Tochter sagt! – Wir hab'n ein Attack' g'habt, weil i dö Brief' bei ihr g'funden hab' –

Sidonie. Jessas, das unvorsichtige Kind!

Stolzenthaler. Und sie hat mir g'sagt, sie hätt' mich nie mög'n, zwungen wär' s' word'n.

Hutterer. Unsinn, zug'redt hat mer ihr halt, wie Elternpflicht is!

Stolzenthaler. Dank' schön für d'Auskunft. *(Großartig.)* Wenn Sie Ihre Tochter wiedersehen, so sag'n S', i lass' s' grüßen, und jetzt willige ich in die Scheidung; aufzwingen tut sich der Stolzenthaler niemand, dös tut er nöt!

Hutterer. Aber, Stolzenthaler...

Stolzenthaler *(ohne auf ihn zu hören).* So ist's also wahr!? *(Schlägt die Hände ineinander und ringt sie nach dem Boden, vor Wut weinend.)* Jesses und Joseph, das muß mir g'schehn, 'm Stolzenthaler, wo sich Hunderte, was Hunderte? – wo sich Tausende glücklich schätzen wurden, da muß grad ich auf eine treffen, die mein Anwert gar nit z' schätzen weiß! – Herrgott, jetzt sitzen wir alle da, und kan is recht g'schehn. Dö is petschiert samt ihrm Feldwebl, i bin's aber a! Und wenn i jetzt glei eine find', – kann man a jede bereden, daß s' mit ein nach Ungarn abirennt und unitarisch wird, wann ihr etwa vor derer Prozedur graust!?

Sidonie. Anton, i bitt' di, halt di net auf, verliern mer kein Zeit, such'n wir das unglückliche Kind!

Stolzenthaler *(schnellt ein paar Schritte nach dem Fenster zu).* Ja, i bitt', da suchen Sie s', so weit die Au liegt, können lang herumrennen. Viel Vergnüg'n! *(Zurück).* Ah, Sie können's gar net verantworten, das eigene Kind in Jammer stürzen und noch fremde Leut' mitverhandeln, und dös alles, mein lieber alter Herr, dös war so rein unnöti, – aber so ganz unnöti! *(Wirft sich in einen Stuhl.)*

Hutterer *(gebeugt).* Es war unnöti! Komm, Sidi! *(Er faßt seine Frau an der Hand, und sie wenden sich zum Gehen.)*

(Vorhang fällt.)

Dritter Akt

Prospekt: Freie Gegend, eine weithin flachliegende Au, in der Ferne von Gebirgen abgeschlossen. Links ein ganz kleines Häuschen, schräg gestellt, sich in der zweiten Kulisse verlierend. über der Bank, linker Hand neben der Türe, hängt an dem Nagel eines Hutrechens eine geladene Flinte. Ein Zaun, in der Mitte offen, schließt sich an das Häuschen an und läuft parallel mit dem Prospekte bis an das andere Ende der Bühne, welche sonst nach keiner Seite geschlossen erscheint. Es stehen vier Tische auf dem Podium, zwei vorne, zwei rückwärts, zwischen denselben bleibt in der Mitte eine breite Gasse. Der Tisch vorne links muß etwas abseits von den Kulissen stehen, da er nur einen kleinen Teil der rechten Seite des Hauses decken darf.

Erste Szene

Frey an der linken Ecke des Tisches vorne links, Johann an der rechten Ecke des Tisches vorne rechts, ihm gegenüber sitzt Minna, etwas seitwärts Stille. Berger nimmt – von dem rückwärtigen Tische rechts – ein Damentuch und einen Sonnenschirm auf.

Berger. Minna, dein Tuch und dein Schirm.

Minna *(sich erhebend und ihm entgegenhüpfend).* Danke, Papa, ich bin recht froh, daß wir gehen.

Frey *(unruhig).* Es ist kaum glaublich, daß sie jetzt noch kommt. Was mag sie abgehalten haben?

Berger *(mit Minna am Arme vortretend).* Herr Stille!

Stille. Ja?

Berger. Sie haben bezahlt?

Stille. Ja.

Berger. So kommen Sie, wir gehen.

Stille *(rasch aufstehend).* Ja.

Berger. Das war ein hübscher Tag heute.

Stille. Ja.

Berger. Ihre Gesellschaft abgerechnet. Sagen Sie mir nur, wie ein Mensch weniger Worte haben kann als ein Papagei? *(Geht mit Minna nach rückwärts.)*

Stille *(nachfolgend).* Hm, ein Papagei sucht sich vermutlich angenehm zu machen. Ich nicht.

Berger. Nein – das kann Ihnen niemand nachsagen.

(Alle drei hinter dem Zaune nach links ab.)

Johann *(mit hochgerötetem Gesichte, in der linken Hand ein Sacktuch, lockert sich mit der rechten die Halsbinde).* Ich darf in kein Wirtshaus mehr gehen – nein – der Schmerz in einem trinkt mit, und dann wird's z' viel.

Zweite Szene

Frey, Johann. Von rechts hinter dem Zaun treten auf und kommen durch die Mitte vor Schalanter, Martin, Stötzl, gleich darauf Barbara und Sedlberger. Später aus dem Hause Mostinger und Tonl.

Schalanter. Da wärn wir an Ort und Stell', *(verstohlen nach Frey deutend)* und dort sitzt a unser Mann. Aber wo bleiben denn die andern? So kommt's doch!

Barbara *(noch hinter dem Zaun).* Na, na, da sein mer ja schon.

Johann *(ist aufgestanden).* Guten Abend, Herr Schalanter!

Schalanter. Ah, guten Abend, Johann! Sein Sö a da? Wie geht's?

Johann. Danke –

Schalanter. Na, das is recht! Heda, Wirtshaus!

Barbara *(ihren Begleiter auf die Achsel dreschend).* Sedlberger, da schaun Sö Ihner nachher um, daß i was Guts krieg'!

Mostinger *(kommt eilig aus dem Hause, der kleine Tonl hängt sich an seine Schürze und läuft nebenher).* Guten Abend – guten Abend wünsch' ich! *(Zu Tonl.)* Laßt aus, du! Mußt d' übrall dabei sein? Wirst net bei der Mutter in der Kuchel bleib'n? *(Zu den Gästen.)* Was is denn g'fällig?

Schalanter. Ein Wein, aber a guter, schlechten hab' ich heut schon gnug trunken. Bringen S' gleich a paar Flascheln mit, dö für uns ausreichen, wie S' uns da sehn.

Mostinger. Schön, solln z'frieden sein, Euer Gnaden. Verlassen S' Ihnen! *(Eilig ab ins Haus.)*

Tonl *(läuft bis zur Türe mit, bleibt dort zurück, klettert auf die Bank und beginnt an dem Gewehrriemen zu spielen).*

Schalanter. Jetzt sein mer erst no nit vollzählig. Da kann mer sich ja nie auf 'n Wirt sein Augenmaß verlassen. Wo is denn 's Madl und der Katscher?

Barbara. No im Dischkurs. Laß doch 'n jungen Leuten a a Freud'. Da kommen s' eh schon. *(Josepha und Katscher werden hinter dem Zaune rechts sichtbar.)*

Johann. Ah, jetzt gibt's mer ein Stich ins Herz!

Dritte Szene

Vorige (ohne Mostinger), Josepha, Katscher, später Mostinger zurück.

Barbara *(droht ihnen mit dem Finger).* Na, seid's amal da, ös Schlimmen?

Josepha *(läßt Katschers Arm fahren).* Jessas – du mein Gott – wer steht denn da? Der Johann!

Johann *(linkisch und verlegen).* Ja, ich bitt'!

Josepha *(gibt ihm die Hand).* Grüß' Ihnen Gott! Wie geht's Ihnen denn?

Johann *(seufzend).* Ach ja!

Josepha. War dös a Seufzer!

Johann. Ich bitt' Sie, das ist jetzt allgemeine Bedürfnis und noch am billigsten.

Josepha. Und wie Sö ausschaun! Ganz verwahrlost. Gehn S', halten S' Ihnen und lassen S' Ihnen a bissel aufgleich richten. *(Sie schickt sich an, seine Halsbinde zu ordnen, wendet ihr Gesicht gegenüber dem seinen ab.)* Ui – und trunken hat er a! Na, Sie braucheten schon wirkli wem, der auf Ihnen schauet.

Katscher *(zu Barbara)*. Was is denn das für a Figur?

Barbara. Brauchen nit z' eifern, es ist nur a ehmaliger G'sell'.

Katscher *(boshaft)*. Ah, wenn das a ehmaliger G'sell' von Ihnen is, Frau Schalanter, dann hab' ich kein Ursach'.

Mostinger *(eilig aus dem Hause kommend; er trägt eine große Blechtasse, worauf Flaschen und Gläser stehen)*. So, meine Herrschaften... *(Verstummt sofort, wie er Tonl mit dem Gewehrriemen spielen sieht – entsetzt)* Tonl – du Himmelsapperment – gehst mer weg, gehst mer vom G'wehr weg, 's könnt' ja 's größte Unglück g'schehn!

Tonl *(springt von der Bank auf und läuft ins Haus)*.

Barbara *(aufkreischend)*. Jesses! Es wird doch net g'lad'n sein?

Mostinger *(besorgt)*. Freili is's g'laden.

Schalanter. Tun Sie's weg, wann S' a Furcht hab'n.

Mostinger. Glaub'n Sö, ich rühr' das Ding an?! I kann ja nit umgehn damit. Es g'hört mein mittlern Bub'n, der allweil, wo er nur kann, mit dö Jager rennt. Wo er's nachher daheim hinlehnt oder hinhängt, da bleibt's schon von mir aus, dös können S' mer glaub'n. Aber dös is a wahr, der Sakermenter laßt si nia blicken, wann er's aus 'm Weg ramen soll. Ja, ich tät' schön bitten, wo setzen sich denn die Herrschaften hin?

Schalanter *(nach dem Tische vorne links weisend).* Da setzen mer uns her. Ruck' mer z'samm, hab'n mer alle Platz. Mit Verlaub. Guten Abend, Herr Feldwebel!

Martin *(salutiert und setzt sich an das rechte Ende).*

Frey *(erwidert militärisch den Gruß).*

Schalanter. Nur abirucken nacheinander.

(Mostinger stellt die Flaschen und Gläser auf den Tisch, Schalanter schenkt ein, prüft das Getränk und füllt dann die Gläser der andern.)

Josepha *(war, nachdem sie die Halsschleife Johanns geknüpft hatte, zurückgetreten, jetzt geht sie wieder auf ihn zu, vertraulich).* Hab'n S' denn g'wußt, daß wir herkommen?

Johann. Ah nein, davon hab' ich kein Ahnung g'habt.

Josepha. Dös wär' jetzt weiter was g'wesen, wann S' ja g'sagt hätten und ließen mer die Freud'!

Johann. A Freud'? Ja, wann ich das g'wußt hätt'!

Josepha. Mein Lieber, wann Sie nit so schön lügen lernen wie die andern, werd'n Sie's bei die Madeln nit weit bringen.

Johann. Verlang' i das, Fräuln Pepi?

Josepha. Lassen S' doch d'Fräuln weg.

Johann. Haben Sie früher so was an mir bemerkt, oder leg' ich's vielleicht jetzt darauf an, wo ich mich verwahrlos', trink' und net auf mich schau'?

Josepha. Und muß denn das sein, daß S' Ihnen verwahrlosen, trinken und nit auf Ihnen schaun?

Johann. Das is ja eben 's Elend, es müßt' gar nit sein, wann man den natürlichen Dingen ihren Verlauf... wann man den Dingen ihren natürlichen Verlauf lassen hätt'. Ah, Ihre Leut' können's nit verantworten! Aber, Pepi, schaun S', wenn Sie mit Ihnen reden ließen, – alles wurd' glei anders, wann Sie mit mir durchgingen, wohin, wo wir allzwei fremd sein, wann Ihnen die Leut' gar nit kennen und wann i mi über alles hinaussetz', Pepi, über alles –

Josepha. Na, da hätten S' weiter was! Na, na, mein lieber Johann, aus Ihna redt jetzt der Wein. Ich denk' gar nimmer ans Heiraten; für ein Braven wär' i ein Unglück, und ein Schlechten möcht' ich selber nit.

Barbara. Aber, Pepi, wie kannst denn 'n Herrn Katscher so lang allani sitzen lassen?

Josepha. Jesses, er wird nit sterben! Ich kumm glei!

Katscher. D'Fräuln Pepi nimmt halt an G'selln auf.

Stötzl. Ein Altg'selln.

Sedlberger. Ein ätlichen Altg'selln.

Josepha. Wann S' zahlt hab'n, Johann, so gehn S'. I will nit, daß auf Sie g'stichelt wird. – B'halten S' mi im Andenken, aber schaun S' mir nit nach, mi tät's nur scheniern, und Ihnen machet's ka Freud'. Wann S' aber amal hörn, daß i g'storb'n bin, dann kummen S' zu meiner Leich', – g'wiß – damit doch ein ehrlicher Mensch dabei is, 's andere wird eh lauter G'lumpert sein.

Johann. O Pepi.

Josepha *(tätschelt ihm. die Wange)*. Na, na, Tschapperl, am End' wanen mer gar, zahlet si aus! Sein S' g'scheit und schaun S' wieder auf Ihna – hörn S' – machen S' mer nit die Schand', als ob mein Wort bei Ihna nix geltat! – Bleiben S' g'sund, alles andere gibt si mit der Zeit. Den guten Willn gegen mi wir i Ihna nie vergessen, Johann. *(Drückt ihm die Hand.)* 's soll Ihna recht gut gehn dafür! *(Schon halb gewendet, dreht sie sich rasch wieder gegen ihn.)* Sö, wann i a bravs Madi find' – so ane, die sich d'Hand, an der i s' halt', sauber abwischt, wann s' erfahrt, wer i bin – soll i Ihnen s' rekommandiern? Ja? *(Gibt ihm einen leichten Schlag auf die Wange.)* B'hüt dich Gott! *(Geht an den Tisch, wo die andern sitzen.)*

Johann. Und das Madl hab'n s' mir verschandeln müssen! *(Traurig durch die Mitte hinter dem Zaune links ab.)*

Vierte Szene

Vorige (ohne Johann und Tonl), Gäste. (Von rechts treten nach und nach Personen auf und besetzen die drei freien Tische. Mostinger läuft bedienend ab und zu.)

Schalanter *(zu Josepha)*. Na, setz' di amal!

(Nachdem Josepha Platz genommen, sitzen die Personen an diesem Tische in folgender Ordnung:

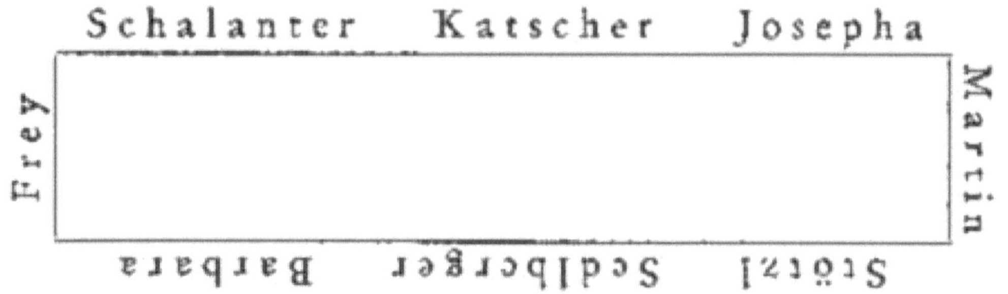

Schalanter. Ich muß eng ja aufführn. Es is nämlich unsern Sohn sein Herr Feldwebel, der uns die Ehr' schenkt. Erlaub'n S'! Das is dem Martin sein Schwester, das is meine Alte – Barbara, ein schöns Buckerl – dö andern gehn mi, Gott sei Dank, nix an.

Stötzl, Katscher, Sedlberger. Oho!

Schalanter. Sehn S', Herr Feldwebel, jetzt hab'n S' d' ganze Familie kennen g'lernt.

Frey. Ja, jetzt kenne ich die ganze Familie. – Wirt, zahln!

Mostinger *(an einem der rückwärtigen Tische beschäftigt)*. Gleich werd' ich kommen!

Schalanter. Aber, Herr Feldwebel, werd'n doch nit schon gehn? Wär' uns nit lieb, wann wir Ihnen von da vertreibeten, wir hätten – weil sich grad die G'legenheit schickt – a paar Wörtl weg'n unsern Martin z' reden.

Barbara. Ja, der arme Teufel klagt, daß S' so viel streng gegen ihn sein.

Frey. Soll er sich anders halten, wird er nicht zu klagen haben.

Barbara. Na, a bissel a Nachsicht kann ma do an jungen Menschen angedeihen lassen.

Frey. Wenn er's verdient.

Barbara. Pepi, komm da h'rüber, daß d' a für dein Brudern reden kannst.

Frey. Lassen Sie das Mädchen, wo es sitzt.

Schalanter. Sie soll nur bleib'n, auf Madeln halt der Herr Feldwebel nix.

Martin. Und, Gott sei Dank, kann i a für mi selber reden. Schon lang hätt' i gern um a Auskunft ersucht, warum grad gegen mich so vorgangen wird.

Frey. Weil Sie mich vor Ihren Eltern fragen, so will ich Ihnen die Antwort nicht schuldig bleiben. Ich handle nicht aus Gehässigkeit gegen Sie, ich tue meine Pflicht. Sie sind der Nachlässigste, sind ein Trinker, ein Raufbold –

Barbara. Das sind Schwächen.

Sedlberger. Der Mensch is kein Vieh, wann er a a Soldat is.

Frey. Und wie Sie verlangen können, daß man Ihnen alle Ausschreitungen nachsehen soll, das begreif' ich nicht. Wir haben in der Kompagnie Leute aus den besten Häusern, die ihrem Dienst unverdrossen nachkommen und vor denen man Sie nicht herumschreien lassen kann, daß *Sie* sich für einen Soldaten zu gut fühlen.

Martin. I bin a zu kein geborn.

Frey. Das glaub' ich. Wenn ich es aber, soweit an mir liegt, versuche, einen aus Ihnen zu machen, so geschieht es zu Ihrem eigenen Besten, und vielleicht sehen Sie das später auch einmal ein.

Martin. Dank' schön, geben S' Ihnen dö Müh' net. Da sitzen meine Eltern, noch brauch' i kan Vormund, und zu was i nit taug', taug' i nit!

Frey. Sie taugen auch sonst zu nichts.

Martin. Oho, Herr Feldwebel, da frag'n S' amal da herum, an dem Tisch sitzen Leut', die mi besser kennen.

Schalanter. Ah, Herr Feldwebel, unser Martin hat ein Kopf!

Stötzl. Der Schalanter-Martin is a ganzer Kerl!

Sedlberger. Verstanden?!

Frey *(erhebt sich).* Mit wem red' ich? Mit dem Martin Schalanter doch allein! *(Zu diesem.)* Woher Sie diesen Dünkel haben, weiß ich nicht. Im Haus ist ihnen wahrscheinlich zu viel nachgesehen worden, und Sie haben nicht das beste Beispiel vor Augen gehabt.

Schalanter. Das geht auf uns!

Frey. Solchen Sinn aber biegt oder bricht die Welt. Solange ich Ihr Vorgesetzter bin, werde ich sorgen, daß Sie der Kompagnie weder außer der Kaserne noch in Reih' und Glied Schande machen, darauf geb' ich Ihnen mein Wort, und damit haben wir ausgeredet. Adieu! *(Wendet sich.)* Herr Wirt!

Schalanter. Das laßt du dir und uns sagen?!

Martin. Lass'n mer's gut sein, Vater! Net hetzen, Sie wissen, wann ich amal anfang', weiß i nit, wo i aufhör'!

Schalanter *(verächtlich).* Feiger Kerl!

Frey *(zählt gerade Mostinger Geld auf die Hand).*

Martin *(gepreßt)*. Herr Feldwebel, es is nit recht, ein Menschen so zu reizen! Verstehn S'? Es war schon oft da, daß, wann der Mann vor der Front sein Teil kriegt hat, bis's ihm z'viel word'n is, daß hernach der Unteroffizier a vor der Front sein Teil kriegt hat, der grad gnug war.

Frey. Diese alberne Drohung hör' ich nicht das erstemal von Ihnen, ich will sie auch diesmal nicht gehört haben. Ich fürchte Sie nicht.

Schalanter. So hau' ihm doch das von der Stolzenthaler auf'n Tisch, damit mir a amal reden.

Frey *(rasch hinzutretend)*. Was nannten Sie da für einen Namen?

Martin. Kennen S' ihn? Haha! Mein lieber Herr Feldwebel, da nehmen S' Ihnen ein Beispiel dran, daß man sich auch mit Leuten, die man veracht, nit verfeinden soll, weil mer nit weiß, was ein'm die für ein Streich spielen können.

Frey *(bestürzt)*. Was heißt das?

Martin. Das heißt, daß wir vor einer g'wissen Villa im Hinterhalt g'legen sein und daß di g'wisse Dame nit kommen kann, weil der Herr Gemahl alles weiß!

Frey. Mein Gott, Sie haben die arme Frau denunziert? Um mir einen Possen zu spielen, ein wehrloses Weib preisgegeben –! Ah, das ist feig, Sie sind noch erbärmlicher, als ich gedacht habe, Sie sind wirklich, wie es sich von einem Menschen erwarten läßt, dessen Vater ein Säufer und dessen Mutter eine Kupplerin ist!

Schalanter. Derschlag ihn!

Martin *(stürzt an dem Tische vorüber, auf Frey zu).* Das nehmen S' z'ruck!!

Frey *(faßt ihn an der Halsbinde und dreht ihn hinter sich).* Beiseit, Schuft! *(Geht vorne an dem Tische vorbei, biegt dann in die Gasse ein.)*

Martin *(ist nach dem Gewehr gestürzt, hat es vom Nagel gerissen, ruft ohne Aufregung, ganz in dem Tone, als hätte er noch etwas Gleichgiltiges zu sagen).* Herr Feldwebel! *(Schießt, wie sich der Gerufene nach ihm kehrt.)*

Frey *(stürzt lautlos zusammen).*

Martin *(wirft das Gewehr weg).* Du wirst kan mehr sekiern!

Josepha *(ist aufgesprungen, hat sich bei dem Schusse die Ohren verhalten, jetzt läuft sie auf Martin zu, aufschreiend).* Jesus! Marie! – Martin, was hast denn tan?!

Martin *(abkehrend).* Weg! Laß mich fort! *(Stürzt in die Kulisse links ab.)*

Josepha *(folgt ihm).*

(Wie Martin auf Frey anlegte, war an den Tischen folgende Bewegung: an dem rückwärts links abwehrende Gesten sowohl dem Bedrohenden als dem Bedrohten geltend; an dem rückwärts rechts ducken sich die Personen, um nicht etwa durch einen Fehlschuß getroffen zu werden; an dem Tische vorne rechts versuchte man Frey durch Gebärden zu warnen, obwohl er schon mit dem Rücken gegen diese Gesellschaft steht; wie der Schuß fällt, lösen sich diese Gruppen, und dann drängt

alles gegen den Gefallenen, wobei der Tisch rückwärts rechts umgeworfen wird. Nur an dem Tische vorne links, wo alles entsetzt aufsah, bleiben nun alle erstarrt sitzen, Barbara allein ist aufgestanden, aber auf den Stuhl, wo Frey neben Schalanter gesessen, hingesunken.)

Alle *(durcheinander).* Mord! – Hilfe! Er hat ihn erschossen!

Barbara *(zugleich, händeringend).* O mein Gott!

Mostinger *(zugleich, schreiend).* Gendarmerie!

(Unter allgemeinem Tumult fällt der Zwischenvorhang.)

Verwandlung

Gegend in einer Au. Ein kleiner Wiesenplan, rings umgeben von Büschen, dieselben schließen dicht, nur rechts und links (erste Kulisse) schmale Pfade. In Mitte des Hintergrundes ein breiter Weg, derselbe liegt schräg gegen den Vordergrund und bildet eine kleine Erhöhung, welche die Auftretenden hinan- und – gegen die Bühne – hinabsteigen müssen. Über dem Ganzen leuchtet ein klarer, lichter Sternenhimmel. Die Bühne steht einen Augenblick leer.

Fünfte Szene

Hedwig *(erscheint auf dem schmalen Pfade links – erschöpft).* Mein Gott, wieder der Platz! Wie oft habe ich ihn schon gekreuzt! In der Furcht, verfolgt zu werden, gehe ich in der Irre und, wie ich sehe, immer im Kreise herum. – Ah, es ist nicht mehr möglich, Robert zu finden. Ich will rasten. Mut und Kraft sammeln. Wenn ich dann immer nach einer Richtung vorwärtsdringe, so muß ich ja endlich auf eine Ortschaft, auf eine menschliche Wohnung treffen. *(Sie setzt sich auf einen kleinen Erdhügel links.)*

Sechste Szene

Die Vorige, Josepha und Martin erscheinen auf dem breiten Wege.

Josepha *(welche Martin führt, besorgt).* Martin!

Hedwig *(leise, ängstlich).* Wer kommt?

Martin *(taumelnd).* Es hilft nix, mich tragen die Füß' nimmer. Die Angst, die in mir steckt. Das Herz schlagt nit natürli, – als wollt's hinaus! Laß mich! *(Er sinkt zusammen.)*

Josepha *(kniet an seiner Seite nieder und legt seinen Kopf in ihren Schoß).* So rast' halt a bissel, aber nit lang!

Siebente Szene

Vorige. Tomerl und Schoferl (stürzen eilig über den breiten Weg herein).

Tomerl. Ui, heut zieg'n s' der grean Bettfrau d'Tuchet weg!

Schoferl *(läuft nach links).*

Tomerl. Schoferl, net da eine, da geht's der Donau zu, da kumm übri! *(Erblickt Martin und Josepha).* Ui, da sein an. Macht's eng davon! D'Streif' kommt! *(Mit Schoferl vorne rechts ab.)*

Josepha. Martin, um Gottes willen!

Martin. Soll d'Streif kommen! Mach', was d' willst, ich kann nit weiter!

Achte Szene

Vorige (ohne Schoferl und Tomerl). Die nächtliche Streife. Voran Kraft und Werner, dann auf einer Bahre, von vier Männern getragen, Frey. Es folgen Hutterer, Sidonie, Stöber, Seeburger und Gendarmen, welche einen Trupp Vagabunden beiderlei Geschlechts eskortieren, Bauern, als Begleiter der Streife, mit Laternen und Fackeln ausgerüstet.

Kraft *(unterm Auftreten).* Nur immer geradeaus, den kürzesten Weg!

Werner. Für ihn ist auch der kürzeste zu lang. – *(Die Bahre erscheint im Hintergrunde.)* Er stirbt, ehe wir die offene Straße erreichen.

Frey *(schwach).* Wasser!

(Der Zug hält.)

Kraft. Was ist?

Seeburger. Er verlangt zu trinken.

Kraft. So setzt ab und gebt ihm!

Werner. Wer hat den Krug? Leuchtet!

(Licht wird herzugebracht.)

Hedwig *(hat entsetzt den Vorgängen gelauscht; sie erhebt sich, wie die Bahre nahe bei ihr niedergestellt wird, Jetzt, wo die Lichter* *herangebracht werden, erkennt sie Frey).* Allbarmherziger Himmel! Robert! *(Wirft sich über die Bahre.)*

Kraft. Mein Gott, was haben wir denn da wieder?

Sidonie. Unser unglückliches Kind!

Kraft. Ah, die Dame, nach der zu suchen Sie mich baten.

(Während der folgenden Vorgänge ist die Bahre so umstellt, daß das Publikum wohl das Zureichen des Kruges, aber nicht den Sterbenden trinken sieht.)

Seeburger *(welcher mit Stöber neben Martin und Josepha steht).* Herr Adjunkt!

Kraft *(tritt auf die Gruppe zu).*

Stöber *(mit einer Laterne hinzuleuchtend).* Da ist eine in unserem Bezirk Bekannte. *(Bedeutend.)* Ihr Name ist Schalanter!

Kraft. Das ist der Bruder? *(Keines antwortet.)* Helft dem Burschen auf die Beine und bindet ihn!

Martin *(schnellt empor).* Warum?

Kraft. Das weißt du ganz gut, Lump! – Die Dirne zu dem übrigen Gesindel und den Mann noch heute an die kompetente Militärbehörde.

(Martin und Josepha werden nach rückwärts geführt.)

Kraft *(zu Hutterer und Sidonie).* Ich bitte, Ihre Tochter von da zu entfernen!

Hedwig *(noch immer an der Bahre kniend).* Nein, – nein!

Kraft. Wir haben Eile, jeder Verzug ist für den... Kranken gefährlich; wenn Sie an der Bahre nebenher gehen wollen, das kann ich gestatten. *(Zu den Trägern.)* Auf, – langsam –

(Die Bahre wird gehoben, Hedwig steht daneben und hält die herabhängende Rechte Freys in ihrer Hand und drückt sie an die tränende Wange.)

Frey. Was ist das für eine Hand?

Hedwig *(weinend)*. Die meine.

Frey. Hedwigs?

Hedwig *(schluchzend)*. Ja!

Frey *(in dem singenden Tone, welcher den in letzten Delirien Liegenden eigen)*. Ah – die Nacht ist schön!

Kraft *(winkt den Trägern, ergriffen, leise)*. Vorwärts!

(Der Zug setzt sich in Bewegung. Hedwig hält die Hand des Sterbenden fest in der ihren. Wie die Bahre verschwindet und hinter ihr die letzten Personen sich verlieren, schießt eine leuchtende Sternschnuppe über den Nachthimmel.)

(Der Vorhang fällt rasch.)

Vierter Akt

Dekoration: Garten wie im ersten Akte. Es ist früh am Morgen.

Erste Szene

Schön und Anna im Garten beschäftigt; Eduard tritt durch die Mitte ein.

Eduard. Guten Morgen, liebe Eltern!

Schön. Grüß' dich Gott, Eduard!

Anna *(zu Schön).* Du setz'st halt schon wieder 'n Respekt aus 'n Augen! *(Zu Eduard.)* Guten Morgen, hochwürdiger Herr Sohn, was führt denn dich so zeitlich in aller Gottesfruh her?

Eduard. Die Sorge hat mich hergetrieben. Gestern ist dem unseligen Menschen, dem Martin Schalanter, das Todesurteil publiziert worden, und heute morgens soll er erschossen werden. Ich denke nun, es wäre gut, wenn man diese Vorgänge hier im Hause vertuschen könnte und für einige Tage die Zeitungsblätter beiseite schaffte. Die Kenntnis von all diesen düsteren Einzelheiten würde Fräulein Hedwig, ich wollte sagen, die junge Frau Stolzenthaler – seit sie von ihrem Manne geschieden ist, bin ich immer uneins, wie ich sie nennen soll, – es würde sie, glaube ich, zu sehr erschüttern.

Anna. Ah ja freilich, das wär' g'fehlt! Mein Gott, seit s' vor acht Tagen ihr Kinderl begraben hat, is s' eh nimmer zum kennen. Dö Nachtwachen und die Kränkung haben das arme Weib ganz z'sammg'rackert. Ja, ja, da mach' liaber ein Sprung h'nein – bei ihnen is alles fruh auf – sonst kommt etwa doch d' heutige Zeitung auf 'n Tisch, und dös dürft' nit ratsam sein, da hast schon recht.

Schön. Ja, jetzt hat er schon recht, unser hochwürdiger Herr Sohn, aber zu Anfang von derer Affär' hat er ein Bock geschossen.

Anna. Das g'schieht ein'm hochwürdigen Herrn nie. Wer hat's denn wissen können, wie's ausgeht? Hintnach is leicht reden.

Schön. Na, wann dürften wir denn nachher was reden, wann net hintnach, mir Leut' aus 'm Volk, dö mir von vornherein überhaupt nix z' sag'n hab'n?! Ich bleib' dabei, er hat damals a bissel voreili 'n Gehorsam empfohlen.

Anna. Hätt' er vielleicht 's Gegenteil predigen sollen?

Schön. Dös schon gar net, und ich weiß ganz gut, wie unserans nit so und nit so sag'n soll, damit mer ein'm nit nachsagen kann, er hätt' so oder so g'sagt, das kann er a nit; aber was er können hätt', dös will i ihm wohl sag'n – wal das auf der Hand liegt – und völli selbstverständli is – ganz natürli – nämlich, wann man die Sach' betracht – so – na ja! – Na ja... das is guat, jetzt waß i selber nit, was er eigentli hätt' tun sollen!

Eduard. O ich weiß es heute nur zu gut. Ich hätte mich erst ganz genau mit den Verhältnissen vertraut machen sollen, und dann wäre es am Platze gewesen, ohne der Neigung des Mädchens irgendwie das Wort zu reden, dem Vater Hedwigs die geplante Verbindung auf das eindringlichste abzuraten.

Schön *(bedauernd)*. Ganz richtig!

Anna. Du lieber Gott! Daß dir das net früher hat einfalln können!

Eduard. Leider! Aber, daß ich es sage, ich dachte damals nur an euch und mich, und ich war gewohnt, euch immer zu gehorchen, geschah es nun, um euch eine Freude zu machen, oder weil ich ganz gut einsah, daß es zu meinem Besten war.

Schön. Ja, ja, mein lieber Eduard, du warst aber a unser Einzigs, mir haben nie ganz allani auf uns denkt; was di a ernstlichs Opfer kost't hätt', das hätt' uns ja eh gar kein Freud' machen können, und wann was hat sein müssen, so hat mer dir immer durchblicken lassen, warum und weswegen. Gelt ja?

Eduard *(beide an den Händen fassend).* Ich weiß es. Ihr wart die sorglichsten Pfleger meiner Kindheit, die treuesten Berater des heranwachsenden jungen Mannes, und jetzt, nachdem wir Jahre mit gleichem Herzschlag durchlebt und uns alle kleinsten und größten Erinnerungen gemeinsam verbinden, jetzt seid ihr meine ehrlichsten, meine trautesten, meine besten Freunde. Gott erhalte euch mir, treue Elternherzen! *(Drückt ihnen die Hand und geht in den Haustrakt ab.)*

Schön *(kleine Pause).* Du, hörst Alte? Der Bub wird a bissel weinen, wann wir sterben.

Anna *(trocknet sich die Augen).* So sterb'n mer halt net.

Zweite Szene

Vorige ohne Eduard. Josepha, darauf Schalanter und Barbara.

Josepha *(durch die Mitte, sie hat einen abgetragenen Morgenanzug an, das Haar nur zurückgestrichen und durch ein Netz zusammengehalten, darüber aber ein kokettes Häubchen und an den Füßen Stöckelschuhe mit Aufputz).* Gut'n Morg'n. Sie verzeihn schon. I hab' 'n geistlichen Herrn zum Tor hereingehn sehn, i soll ihm a Post sag'n, die net mehr viel Zeit hat.

Schön. Müssen halt warten, er kommt glei.

Anna *(halblaut).* Na, das machet si schön, wann er mit so aner redet.

Schön *(ebenso).* Natürli wird er mit ihr reden. Er is ja Geistlicher, und bei ihm muß eins, wann's gleich von aller Welt veracht wird, noch a Ansprach suchen können, und hat unser Herrgott mit Sünderinnen g'redt, wird doch *er* sich nicht z' gut dafür halten! *(Schalanter und Barbara erscheinen hinter dem Gittertor.)*

Barbara. Pepi!

Josepha. Wer ruft? A Sö san's!

Barbara. Wir hätten dich was z' fragen.

Josepha. Na, da bin i.

(Schalanter und Barbara treten in den Garten. Ersterer bleibt an der Türe mit gesenktem Kopfe stehen.)

Barbara *(zu Schön).* Erlauben S', Herr Schön – mir sein nur unserer Tochter nach, weil mer s' über d'Straßen haben laufen g'sehn – wir sein gleich ferti – wir gehn heut eh lieber allen Leuten aus 'm G'sicht. *(Zu Pepi.)* Warst du beim Martin drin, Pepi?

Josepha. Nein, er hat nit nach mir verlangt, und es is das nix für mich. I hab' eh die ganze Nacht g'want. Ich hab' ihm gestern die Schoberlechner-Leni, die er früher gern g'sehn hat, hineing'schickt und ihr Zigarrn und a paar Groschen Geld für ihn mitgeb'n.

Barbara. Sie hab'n uns gestern nit zu ihm lassen. Hat er nix g'sagt, ob er uns sehn will?

Josepha. Nein!

Barbara *(zu Schalanter).* Gehn mer halt hin.

Schalanter *(nickt, ohne aufzublicken).*

Josepha. Na, da gehn S' in Gott's Nam', daß's nit etwa z' spät wird, bei mir versamen S' nix, 's hat wohl no a Weil' hin, bis S' mi im Spital aufsuchen können, aber es bleibt nit aus.

Barbara *(wendet sich).* Mir hab'n a Unglück mit die Kinder!

Schalanter. Ja, ja – mir mit sö – *(hebt den Kopf, sieht alle starr der Reihe nach an)* oder sö mit uns! *(Senkt den Kopf wieder und geht mit Barbara durch die Mitte ab.)*

Anna *(schlägt die Hände zusammen).* Wie denen sein muß – wie denen sein muß, das kann i mer gar nit vorstellen!

Schön. I a nit, Gott sei Dank!

Dritte Szene

Schön, Anna, Josepha. Aus dem Trakte treten auf: Hutterer, der ein Bettkissen unter dem Arme trägt, und Sidonie. Beide führen Hedwig in ihrer Mitte, Eduard folgt.

Hutterer *(sein Haar ist ergraut).* So! Komm nur, mein Kind, du kannst schon im Freien sein, wenn du willst, die Luft ist ganz mild, die schadt dir nix. *(Sie geleiten sie zu einer Bank, er schiebt ihr das Polster an der Lehne zurecht.)*

Josepha *(tritt zu Eduard, der etwas seitwärts von der Gruppe steht).* Hochwürden, sein S' nit bös, aber mein Auftrag hat Eil'. Sie wern mi wohl kennen?

Eduard *(nickt und sieht besorgt nach der Kranken hinüber).* Ja. Keinen Namen. Was bringen Sie?

Josepha. Mein Bruder hat sagen lassen, er möcht' Ihnen gern no amal segn, und Sie wissen...

Eduard. Ich weiß. Ich gehe sofort zu ihm. *(Zur Hedwig tretend.)* Gnädige Frau, ich empfehle mich. Fassen Sie Vertrauen. Gott, der so schwere Prüfungen über Sie verhängte, wird Ihnen auch die Kraft verleihen, dieselben zu ertragen.

Hedwig *(sehr bleich und angegriffen aussehend, sie spricht schwach, aber mit klarer Stimme und langsamer, nachdrücklicher Betonung).* Keine Phrasen, Hochwürden. – Wissen Sie, wie man das nennt, wenn jemand eine Prüfung veranstaltet, um ein Ergebnis herbeizuführen, auf das er ganz gut im voraus rechnen kann? Man nennt das experimentieren. – Vor Jahren wohnte ein Mediziner in unserm Hause, den ich, als kleines Mädchen, von ganzem Herzen verabscheute, weil er arme Kaninchen lebend zerschnitt. Er wußte ganz genau, wie weit er sich auf die Stärke dieser Tierchen verlassen konnte, ob sie ihm tot unter dem Messer bleiben würden, oder wie lange sie lebend und leidend zu erhalten waren, wenn er ihnen durch gute Pflege „Kraft verlieh, die Prüfungen zu ertragen". – *(Leise lächelnd.)* Wollen Sie mich glauben machen, Gott wäre so ein Mediziner? *(Da Eduard sprechen will, hebt sie abwehrend die Hand und fährt fort.)* Ich will Ihnen sagen, was mich tröstet. Ich habe mich einem Gebote gefügt, das das einzige ist, das eine Verheißung in sich schließt, „auf daß du lange lebest und es dir wohl gehe auf Erden". Das Wohlergehen hat nicht zutreffen wollen; ich hoffe zu Gott, daß auch der andere Teil der Verheißung sich als trügerisch erweist und daß mich mein Kind bald nachholt.

Eduard. O, wenn ich es doch vermöchte, diese Gedanken aus Ihrer Seele zu bannen.

Hedwig *(schüttelt sanft lächelnd den Kopf).* Nein. Sie vermögen's nicht. *(Reicht ihm die Hand.)* Leben Sie wohl, Hochwürden!

Eduard *(verbeugt sich und geht durch die Mitte ab).*

Sidonie *(näher tretend).* Mein arme Hedwig!

Hedwig *(bittend).* Ich möchte jetzt gerne allein sein.

Hutterer. Kind, es wär' vielleicht doch besser, wenn jemand in deiner Näh' bleibet.

Hedwig *(schüttelt leicht den Kopf).* Ich danke für euere Sorgfalt.

Hutterer *(schmerzlich).* Du meinst, die kommet a bissel spät.

Hedwig. Ich sage ja nichts. Wenn ich euch jetzt wie ein lebendiger Vorwurf bin, so laßt euch doch vor mir nichts merken, ich werde es ja nicht mehr lange sein.

Hutterer *(erschüttert).* Kind? – *(Er faßt ratlos nach der Hand seiner Frau.)* Sidi! – *(Fährt sich mit beiden Händen in die Haare, in Tränen ausbrechend.)* Ah, grau – grau – das ist die richtige Farb' – die richtige – *(Von Sidonie gefolgt in den Trakt ab.)*

Schön *(schiebt Anna zur Gartentür hinaus).* Geh fort, Mutter! *(Kommt vor zu Josepha, legt ihr die Hand auf die Achsel.)* Sö! Kommen S'!

Josepha *(die mit ihrer Schürze über die Augen fährt).* Ja!

Hedwig *(aufblickend).* Wer ist das? Das Mädchen soll ich kennen. *(Sie erschauert.)* Ach ja, ich weiß! *(Streicht mit der Hand über die Stirne und den Scheitel.)* Es war auch sonst von ihr die Rede. Wir gehören in *eine* Kategorie.

Schön *(erzürnt).* Frau von Stolzenthaler, wann sich wer anderer trauet, das von Ihnen zu sagen...

Hedwig. Nur ruhig, Alter! *(Nimmt das kleine Bukett, das sie an der Brust trägt, herab.)* Die hab' ich aus der Vase von den gestrigen zusammengelesen. *(Eine weiße Rose herauslösend und sie Josepha hinhaltend.)* Übernächtig, – bleich – und welk, – paßt das? Nehmen Sie! – Ob an einen oder an mehrere, wir sind ja doch zwei Verkaufte!

Josepha *(hält mit beiden Händen die Linke Hedwigs und drückt sie an die Lippen).*

(Zwischenvorhang fällt rasch.)

Verwandlung

Gefängniszelle. Die Türe befindet sich in der Hinterwand, nahe der linken Ecke des Gemaches; in der rechten Ecke steht die Pritsche. In der Mitte der rechten Wand ist das Fenster angebracht, durch welches auf die gegenüberliegende Mauer ein schmaler, brennender Streif vom Frühsonnenschein fällt.

Vierte Szene

Profoß Atzwanger, Martin, dann Eduard.

Atzwanger *(steht unter der Türe).* Die Alten derfen net h'rein?

Martin *(sitzt auf der Pritsche, beide Arme auf die Knie, den Kopf in die Hände gestützt. Er schüttelt den Kopf).*

Atzwanger. Solln s' draußt bleib'n? *(Er tritt zurück.)*

Eduard *(erscheint unter der Türe und zeigt Atzwanger einen Zettel).*

Atzwanger. Ich bitt' nur einzutreten, Hochwürden! *(Läßt Eduard eintreten und geht, hinter sich die Türe schließend, ab.)*

Martin *(geht Eduard entgegen).* Ah, du bist's Eduard? Das is schön, daß d' kommst!

Eduard. Ich finde dich gefaßt.

Martin. I nimm mi halt z'samm. Es g'schiecht mer ja recht – und es is jedenfalls gescheiter, wie noch länger als Auswürfling untern Menschen herumlaufen. I komm' mer vor wie a wilds Tier, das nachträglich zu einer menschlichen B'sinnung kommen is – *(Er sieht nach der Türe.)* Es is schon spät, gelt ja?

Eduard *(ausweichend).* Es ist nicht spät. – Wolltest du etwas von mir? Kann ich vielleicht etwas für dich tun?

Martin. Nein! Sehn wollt' i di no amal. Sag'n wollt' i der, daß d' mer der liabste von meine Spielkameraden warst, wann mer glei die spätern Jahr' immer weiter auseinanderkommen sein. Du warst ma der liabste und unliabste, denn du warst ma immer voraus, dir war i allweil neidi, i waß a seit kurzem auf was. Auf dein ruhigs, anständige Elternhaus. Wia's d' jetzt vor mir stehst, denk' i z'ruck an die Zeiten, dö glücklichen Täg' wo ma no von nix g'wußt hat. – 's hätt' ganz anders wern können.

Eduard. Du mußt nicht zurückdenken.

Martin. Net z'ruck, Eduard, wohin denn? Voraus liegt ja nichts. *(Sieht wieder nach der Türe.)* Es wird immer später.

Eduard. Du erwartest jemand?

Martin. Weißt, was muß der Mensch do haben, an das er si halten kann in schwerer Stund', a der schlechteste! An Herz, auf was er zähln kann, das's zutiefst ehrlich mit ihm meint, und wann er ihm a allweil nur wehtan hat. I ging' mer hart, recht hart, von da.

Eduard. Sage nur wer, Martin. Es ist wohl noch Zeit, daß man...

Martin. Hinschickt? Nein! Sie muß von selber kommen. Erbarmen hast ja a du mit mir, aber sie – sie hat mich immer gern g'habt, und a Liab, a Liab' möcht' ich noch seg'n, bevor i von der Welt geh'.

Fünfte Szene

Vorige, Atzwanger, Herwig.

Atzwanger *(die Türe öffnend)*. Schalanter, da is wer!

Herwig *(tritt unter die Türe)*.

Atzwanger *(geht ab. Die Türe bleibt offen stehen)*.

Martin. Großmutter! *(Stürzt auf sie zu.)*

Herwig. Rühr' mi nit an mit die Händ' – mit *die* Händ' nit! *(Sie lehnt den Kopf an den Türpfosten links, leise weinend.)* Das muß i an dir erleben, Martin? Das hätt' i nit denkt! Hätt's nit denkt!

Martin. O Großmutter, weil S' nur da sein! I waß ja, daß mi nix weiß brennen kann und daß i Ihner all die Liab', Treu' und Sorg' schlecht heimzahl', aber Sö san die anzige Seel' auf Gottes Erdboden, um die mer is. *(Mit gefalteten Händen.)* Sein S' gut mit mir, Großmutter, sein S' gut!

Herwig. Der Gang is mir recht hart worn bei meine alten Füaß', und weil's mer da *(zeigt aufs Herz)* sitzt, aber seg'n hab' i di do müssen, Martin, und i bin nit kummen, daß i dir 's Herz schwer mach'.

Martin. Dös wird's mer von selber. Wann s' mi nur allweil auf Ihnen hätten hören lassen, Großmutter, i könnt' jetzt als braver Bursch vor die Leut' dastehn, und Ihnen könnt' i für die alten Täg' manche Freud' machen, – so hab' i Schimpf und Schand' über dös weiße Haar bracht, und jetzt soll i hinaus, wo die Welt im liachten Sonnenschein liegt... Herrgott, i bin ja do nur a armer Teufel, der nach und nach so schwarz word'n is. I frag' nit, ob 's g'recht is – aber is's menschlich, ein hinknien z' lassen – an letzten Blick ins Land – d' schwarze Binden „fertig“ – ah! *(Bricht zusammen und umfaßt die Knie der Herwig.)* Großmutter, helfen S'!

Herwig *(wird ohnmächtig).*

Eduard *(steht ihr bei, leise).* Martin!

Martin *(fährt rasch empor).* Jesus, Maria! Was is ihr? Großmutter, sein S' g'scheit! Großmutter, ich bin ja schon wieder kuraschiert – hörn S'? Eduard, nimm dich um sie an, schau', wie s' zittert, führ' s' nachher – wann mer schon a bissel weit weg sein – über die Stieg'n, bring' s' nach Haus, laß s' a nit so bald allein, tu mir die Lieb'! I bin schon wieder kuraschiert, Großmutter, es handelt sich ja nur um ein Augenblick, dann is ja alles vorbei, und 's is gut für mi, und 's is recht. Hab'n S' kein Angst um mi, i sorg' mi nur um Ihna, nur um Ihna.

Herwig. Sorg' di nit, i bin schon wieder, wie i sein soll. Bleib nur du stark, Martin!

Martin. Ja, Großmutter! *(Ruhig.)* Sie kommen über die Stieg'n herauf.

Eduard. Martin, wenn du deine Eltern doch noch sehen wolltest –

Martin. Nein! Sie hab'n mer nix zu verzeig'n und i ihna nix abz'bitten.

Eduard *(im Tone versöhnlicher Einrede).* Denk' an das vierte Gebot!

Martin. Mein lieber Eduard, du hast's leicht, du weißt nit, daß's für manche 's größte Unglück is, von ihrn Eltern erzog'n z' werd'n. Wenn du in der Schul' den Kindern lernst: „Ehret Vater und Mutter", so sag's auch von der Kanzel den Eltern, daß s' darnach sein sollen.

(Außer der Türe marschieren Soldaten auf.)

Atzwanger *(in die Türe tretend).* Schalanter!

Martin. I komm' schon! Die wenigen Schritt', die i no z' gehn hab', will i nimmer vom Boden aufschaun, den letzten Blick mach' i in *das* ehrliche G'sicht, in die treuen Augen, denen i manche Tränen kost hab' und die schon über meiner Wieg'n g'wacht hab'n. Großmutter, niemand weiß, was darnach kommt, damit i aber – was auch kommt – ruhiger geh', verzeigt's mer!

Herwig *(legt ihm die Hände auf den Kopf)*. Verzeih' dir Gott, wie i dir verzeih' – und die Welt, wie dir Gott verzeig'n wird.

Alle drei. Amen!

(Ein Armensünderglöcklein ertönt.)

(Der Vorhang fällt.)

Ende.